光文社文庫

文庫書下ろし／長編時代小説

跡目

鬼役 十八

坂岡 真

光 文 社

この作品は光文社文庫のために書下ろされました。

目次

※巻末に鬼役メモあります

幕府の職制組織における鬼役の位置

- 将軍
  - 大老（臨時で置かれる）
  - 老中
  - 京都所司代
  - 側用人
  - 大坂城代
  - 寺社奉行
  - 奏者番
  - 若年寄
    - 書院番頭
    - 小姓組番頭
    - 林大学頭
    - 小普請奉行
    - 西丸留守居
    - 百人組頭
    - 新番頭
    - 目付
    - 徒頭
    - 小納戸
    - 奥右筆組頭
    - 表右筆組頭
    - **膳奉行**
    - 賄頭
    - 小石川御薬園預
    - 鳥見
    - 大坂定番

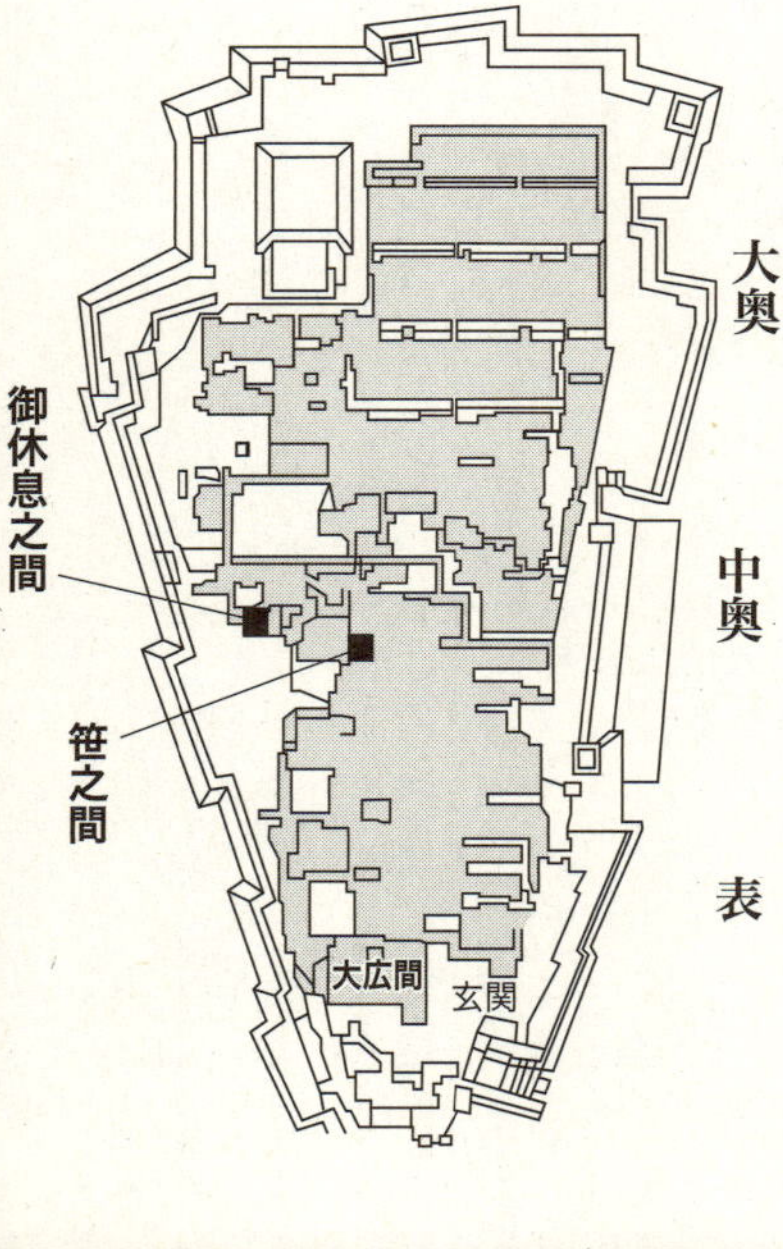

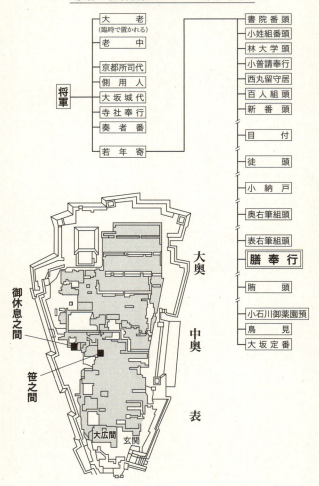

鬼役はここにいる！

★**御休息之間御下段**：将軍が食事をとる場所。毒味が終わると食事はここへ運ばれる。

◆**笹之間**：御膳奉行、つまり鬼役が毒味を行う場所。将軍の食事場所に近い。

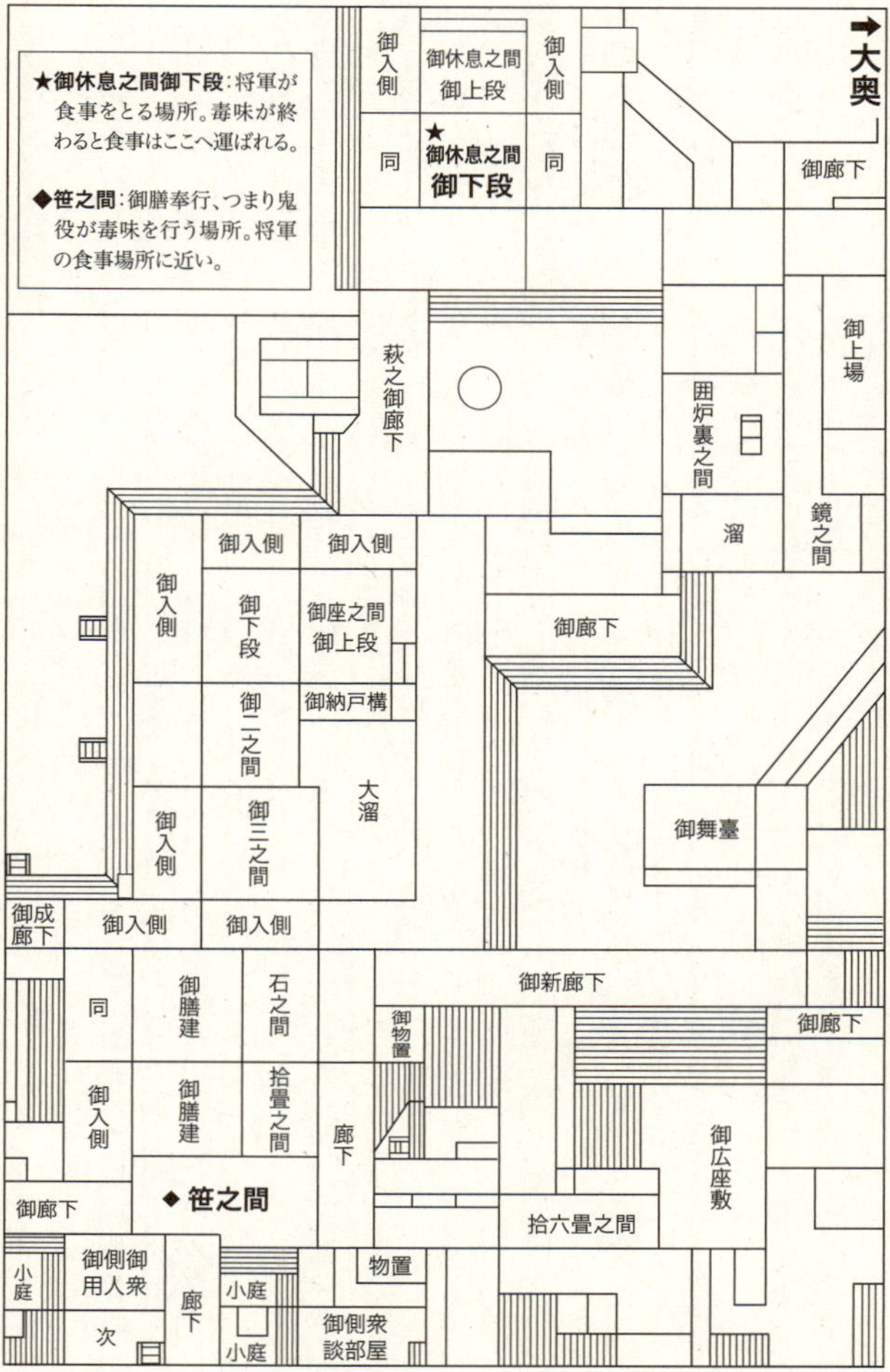

主な登場人物

矢背蔵人介……将軍の毒味役である御膳奉行。またの名を「鬼役」。お役の一方で田宮流抜刀術の達人として幕臣の不正を断つ暗殺役も務めてきたが、指令役の若年寄・長久保加賀守に裏切られた。その後、御小姓組番頭の橘右近から再び暗殺御用を命じられているが、まだ信頼関係はない。

志乃……蔵人介の養母。薙刀の達人でもある。

幸恵……蔵人介の妻。徒目付の綾辻家から嫁いできた。蔵人介との間に鐵太郎をもうける。弓の達人でもある。

鐵太郎……蔵人介の息子。いまは蘭方医になるべく、大坂で修業中。

卯三郎……納戸払方を務めていた卯木卯左衛門の三男坊。わけあって天涯孤独の身となり、矢背家の居候となる。

綾辻市之進……幸恵の弟。真面目な徒目付として旗本や御家人の悪事・不正を糾弾してきた。剣の腕はそこそこだが、柔術と捕縄術に長けている。

串部六郎太……矢背家の用人。悪党どもの臑を刈る柳剛流の達人。長久保加賀守の元家来だったが、悪逆な遣り口に嫌気し、蔵人介に忠誠を誓う。

土田伝右衛門……公方の尿筒持ち役を務める公人朝夕人。その一方、裏の役目では公方を守る最後の砦。武芸百般に通じている。

橘右近……御小姓組番頭。蔵人介のもう一つの顔である暗殺役の顔を知る数少ない人物。若年寄の長久保加賀守亡きあと、蔵人介に正義を貫くためと称して近づき、ときに悪党の暗殺を命じる。

鬼役 十六

跡目

彼岸の芹《せり》

一

天保《てんぽう》十一年、啓蟄《けいちつ》。

虫起こしの雷が鳴る季節になっても、千代田《ちよだ》城の奥は底冷えがするほど寒い。

公方《くぼう》の起床は明け六つなので、朝餉《あさげ》の毒味御用は東涯《とうがい》が明け初《そ》めぬうちに済ませておかねばならなかった。

矢背《やせ》蔵人介《くらんどのすけ》は御用にいそしむ笹之間《ささのま》の冷たい畳に座り、漆塗りの膳に目を落とす。

憲法黒《けんぽうぐろ》の地に極鮫《ごくさめ》小紋《こもん》の裃《かみしも》を纏《まと》い、襟元には利休鼠《りきゅうねず》の中着《なかぎ》が覗いていた。

背筋を伸ばして端然と座るすがたは、一幅《いっぷく》の画を眺めているようでもある。

平皿の刺身には今が旬の甘鯛《あまだい》、針生姜《はりしようが》と山葵《わさび》が添えてあった。

自前の杉箸をおもむろに取り、先端で山葵をちょんと掬《すく》う。

懐紙で隠した口許に運んで舌に載せ、素早くかたわらの痰《たん》壺に吐きすてた。

ふむ、大事なかろう。

妙な痺《しび》れや味の変化は感じられない。

すぐさま、刺身をひと切れ口に入れて咀嚼《そしやく》する。

こちらは呑みこみ、胃の腑《ふ》に落とし、傷みの有無を探る。

ふむ、毒の兆候は無さそうだ。

静かにうなずき、対面に座る相番の桜木兵庫《さくらぎひようご》を睨《にら》みつけた。

むくんだ顔に肥えた体軀《たいく》、近頃身につけた芸当らしく、鯔《ぼら》のように目を開けたまま居眠りをしている。

「泡食って出世するのは鯔ばかり」

蔵人介は当世流行《はやり》の川柳を諳《そら》んじた。

役目の最中に居眠りをする間抜けは、出世を望んで無駄にあがく鯔侍の典型だ。

拙者にとって御膳奉行《ごぜんぶぎよう》は腰掛けにすぎぬわと、鯔は三年以上も前から言いつづけている。

たしかに、誰もが就きたくないとおもう役目ではあった。何しろ、毒にあたって死ぬかもしれぬ。首を抱いて帰宅する覚悟で挑まねばならぬ役目など、城内を隈無《くま》く見渡してもほかにない。地獄に近い役目ゆえに「鬼役」と呼ぶのだと蔑《さげす》む者すらあるというのに、見返りの役料はたったの二百俵にすぎぬ。

真面目につとめれば莫迦《ばか》をみると、桜木は口癖のように愚痴を漏らす。

それでも、蔵人介は鬼役を天職と考えていた。

――毒味役は毒を啖《くろ》うてこそのお役目。河豚《ふぐ》毒に毒草に毒茸《きのこ》、なんでもござれ。死なば本望《ほんもう》と心得よ。

亡き養父《ちち》に教わった座右《ざゆう》の銘《めい》が、いつも心の中心にある。

公方の膳を吟味する鬼役には、強靭《きょうじん》な意志と熟練の技倆が求められた。笹之間という狭い空間は生死を賭した静かな闘いの場ではあったが、滞りなく役目を果たしたときは喩《たと》えようもない無上の喜びと安堵をもたらしてくれる。

今となっては、ほかの人生など考えられない。矢背家の養子として選ばれたことに心底から感謝しているし、まさしくそれは天命にちがいなかった。しかも、以前は考えてもみなかったが、鬼役を継ごうとしてくれる者がいる。

養子と心に定めた卯三郎《うさぶろう》のことだ。

そもそもは納戸《なんど》払方《はらいかた》に就いていた隣人の三男坊であったが、拠所《よんどころ》無い事情から父母と兄を失い、天涯孤独の身で途方に暮れているところを引きとった。剣の資質に優れ、胆力もある。ものになると踏んだからこそ、実子に対するのと同様の厳しさと優しさをもってのぞんだ。

卯三郎も素直な性分ゆえか、矢背家の水によく馴染んでくれた。が、まさか、鬼役の後継者になろうとは想像もしなかったであろう。

鬼役を継ぐということは、矢背家の当主になることを意味する。蔵人介には鐵太《てった》郎《ろう》という実子があった。一粒胤《ひとつぶだね》だけに、祖母の志乃《しの》や母の幸恵《ゆきえ》も愛情をたっぷり注いだものの、鐵太郎は鬼役としての資質を欠いていた。剣よりも学問を好み、今は蘭方医《らんぽうい》になるべく、大坂《おおさか》で診療所を営む緒方洪庵《おがたこうあん》のもとに身を寄せている。

卯三郎は鐵太郎を血の繋《つな》がった弟のように可愛がっていたので、当主を継ぐことに抵抗や葛藤《かっとう》がないと言えば嘘になろう。しかし、これも天命として受けさせるしかなかった。

といっても、養子縁組の正式な段取りを済ませたわけではない。

厳しい修行は始まったばかりで、箸の使い方ひとつにしても教えたいことは多いし、課すべき試練も残されていた。

この目に狂いはあるまいとおもう一方で、卯三郎に鬼役の資質を見出したときから、蔵人介は少し臆病になった。あれもこれも教えておかねばと焦り、いつ死んでもよいという覚悟が揺らいでいた。正直、命が惜しい。それゆえ、毒味御用に恐れを抱きはじめたのだ。

いかん、卯三郎のことは忘れよう。

蔵人介は新たな杉箸を取り、流れるような仕種《しぐさ》で膳に並ぶ品々を口に運んでいった。

野菜は献上品の天王寺《てんのうじ》蕪《かぶら》と尾張《おわり》大根、小鉢の煮物は煎《い》り酒で味を調《ととの》えた鯛《たい》の擂《す》り身である。煎り酒は、酒、醤油、酢、焼き塩などに鰹出汁《かつおだし》をくわえて煮詰めた代物。煮物はほかに豆腐が二品、掬《すく》い豆腐に玉子の黄身をかけたものと、焼き豆腐に辛子《からし》を添えたものが見受けられた。

あらかじめ包丁方に確かめておいた献立との差異はない。

厄介なのは細々と並んだ猪口《ちょく》で、蕗《ふき》味噌、鱚《きす》の生姜膾《なます》、赤貝《あかがい》の酢味噌、梅びしお、烏賊《いか》の青和えと五品もある。

彩りも鮮やかな青和えは、えんどう豆を擂ったものと聞いた。

擂り物は毒を混ぜやすいので、ことに神経を使わねばならぬ。

杉箸を何本も使用し、供された品の欠片《かけら》を口に入れていった。

味わっている余裕などない。

わずかな痺れも逃すまいと、舌のみならず五感のすべてを研ぎすます。

ふわっと、桜木が欠伸《あくび》をした。

左手の襖《ふすま》が音もなく開き、小納戸《こなんど》の配膳役が汁物を運んでくる。

「おっ、牡蠣《かき》でござるな」

不調法な桜木を目で制し、汁椀を手に取った。

すまし汁の実は小ぶりの牡蠣と大根の輪切り、これに糸のような柚子《ゆず》の皮が品良くまぶしてある。

ひと口啜《すす》った。

いつもと変わらぬ塩梅《あんばい》、毒の気配は無い。

下げられた汁は囲炉裏《いろり》之間で温めなおされるものの、公方に供されるころには冷めている。

旨味は逃げても、毒を啖うよりはましというものだ。

おそらく、歴代の公方のなかで猫舌でない者はおるまい。

肝心の白米は、もっちりした蒸飯《むしめし》。美濃《みの》米を笊《ざる》にとり、沸騰した湯で煮あげ、窯《かま》に入れて蒸す。飯椀の色は外が黒で内は赤、精進日は内も黒になる。椀の赤と黒を取りちがえた小納戸役は、即刻、役目から外される。

毒味御用はつつがなく終わり、朝餉の膳はすべて下げられた。

大食漢の家慶《いえよし》は、供された品をすべて平らげてしまうにちがいない。

——ごおん、ごおん、ごおん。

時の鐘が遠くで捨て鐘を打つころ、突如、萩《はぎ》之御廊下の向こうが騒がしくなった。明け六つの入込《いりこみ》、五十人を優に越える小姓《こしょう》や小納戸が一斉に持ち場の掃除をしはじめる。

家慶は寝所の御《お》休息《きゅうそく》之間上段で目を覚まし、小姓が一番鶏よろしく「もう」と声を張りあげる。厠《かわや》で長い用を足したあとは、八寸角の台に唐草瀬戸《からくさせと》の大茶碗が設《しつら》えられ、赤穂《あこう》塩を使って嗽《うがい》をする。そして、二尺の黒盥《くろだらい》に張った湯に糠袋《ぬかぶくろ》を浸して手水《ちょうず》をおこない、月代《さかやき》剃り、髭剃り、髪結の手順で仕度が進む。

剃りと髪結は、小姓のなかでも手先の器用な御髪番《おぐしばん》がおこなう。

剃りが終わって髪結に掛かるころ、小納戸の御膳番が奥医師《おくいし》の一団を呼ぶ。

ぞろぞろ裾を引きずってあらわれる医師は十人、からだの部位によってふたり一組に分かれて脈診などをおこなう。

今朝は寒いので、家慶は紬《つむぎ》の綿入襦袢《わたいれじゆばん》に黒縮緬《くろちりめん》の羽織を纏《まと》っていることだろう。如月《きさらぎ》二日の今日は灸《きゆう》をすえて病を避ける灸饗《やいとぎよう》の日、奥医師も灸のまねごとをするはずだ。

桜木が笑った。

「奥医師め、何処の経絡に灸をすえるのでござろうか」

膝下の三里《さんり》と聞いていたが、蔵人介は応じもしない。

中奥《なかおく》では老中《ろうじゆう》も若年寄《わかどしより》も奥医師を呼びつけ、今日ばかりは堂々と灸をすえてもらうという。大奥《おおおく》でも無病息災を祈念し、御連枝《ごれんし》の幼子らに灸をすえる。騒がしいことこの上なしとの噂だが、中奥と大奥は銅壁で仕切られているため、泣き声はいっさい聞こえてこない。

膳が下げられてから、四半刻《しはんとき》（三十分）ほど経過した。

そろそろ、御髪番が髪を結いはじめたころだ。

何やら、奥が騒がしい。慌てふためいた連中の声も響いてくる。

廊下に面した部屋の襖がばたばたと開き、大勢の役人たちが顔を差しだした。

「何事じゃ、何事じゃ」

眦《まなじり》を吊って叫ぶのは澤居采女《さわいうねめ》、中奥を差配する小納戸頭取《とうどり》のひとりで、保身に長《た》けた人物と評される老臣だ。

「御髪番の粗相《そそう》にござる。剃刀《かみそり》の手許が狂うたらしく、上様のお顔に傷が……」

血相を変えて応じる役人は、古参の小納戸役であろう。

「……されど、幸い傷はかすり傷にござりまする」

長い廊下の向こうから、小姓らしき者が同輩ふたりに両脇を抱えられ、乱暴に引きずられてきた。

「嗚呼《ああ》、何という失態じゃ」

澤居は廊下の端に身を寄せ、大袈裟《おおげさ》に嘆いてみせた。

「杉岡一馬《すぎおかかずま》か。たわけめ、何をしでかしてくれたのじゃ」

蔵人介は身を屈《かが》め、若い小姓の顔を覗きこむ。

「うっ」

この世の地獄を覗いたような凄まじい形相だ。

手足が硬直して歩くこともままならず、簀巻《すま》きにされた木像のように引きずられてくる。だが、重すぎて同輩たちは抱えきれなくなり、廊下のまんなかで手を放してしまった。

蔵人介はすかさず駆けより、俯《うつぶ》したからだを抱きおこす。

「ぶへっ」

途端に、杉岡は泡を吹いた。

白目を剝き、手足を小刻みに痙攣《けいれん》させる。

顔は土気《つちけ》色で、唇は紫色にくすんでいた。

息遣いが上手くできず、喉をひゅうひゅう鳴らしている。

蔵人介は大きな掌を翳《かざ》し、杉岡一馬の口と鼻を覆った。

「落ちつけ。息を短く吸い、深く静かに吐きだすのだ」

耳許で囁《ささや》いてやると、杉岡は薄目を開けた。

呼吸は戻ったものの、手足の震えは収まらない。

口端に漏れた嘔吐《おうと》物には、わずかに酸臭が混じっていた。

「おい、そこで何をしておる」

後ろから、誰かに肩を小突かれた。

振りむけば、小山田監物《おやまだけんもつ》なる御小姓頭取が仁王顔を近づけてくる。

「こやつは罪人じゃ。鬼役づれが余計なことをいたすな」

小山田の狷介《けんかい》な性分を中奥で知らぬ者はいない。

蔵人介は眉をひそめつつも、抗《あらが》おうとはしなかった。

「おぬしら、何をぼけっと立っておる。早《はよ》う、こやつを不浄門へ運べ」

「はっ」

同輩の小姓ふたりが蔵人介に遠慮しつつも、杉岡の両腕を抱えあげる。

いずれも、会釈を交わす程度の関わりしかない若い小姓だが、小山田も入れた三人は卯三郎の通う練兵館《れんぺいかん》の門弟にほかならず、平常《ふだん》から神道無念《しんとうむねん》流の手練《てだれ》であることを自慢していた。

澤居は小山田と目も合わせず、控え部屋に引っこんでしまう。

蔵人介は身を引き、杉岡一馬が引きずられていくのを見送るしかなかった。

小山田の言ったとおり、公方家慶の顔を傷つけた罪人という扱いになれば、切腹どころか斬首すらも免《まぬか》れまい。

「首を抱いて帰るしかあるまいな」

と、桜木が後ろでぼそっとこぼす。

上様、どうか格別のお慈悲をもって、あの若者をお救いください。

詮無《せんな》い願いと知りながらも、蔵人介は眸子《まなこ》を閉じて祈りつづけた。

二

二日後。

今から約百四十年前の元禄《げんろく》十六年（一七〇三）如月四日、熊本《くまもと》藩細川《ほそかわ》家ほかの大名屋敷に預けられていた赤穂《あこう》藩浅野《あさの》家の義士四十七人は腹を切った。四十七士の忌《いみ》日《び》と定められたこの日は高輪《たかなわ》の泉岳寺《せんがくじ》で大きな法要が営まれ、いつにもまして多くの参詣客が足を運ぶ。

蔵人介は非番ということもあり、従者の串部六郎太《くしべろくろうた》とともども泉岳寺へやってきた。

「樒《しきみ》でも買《こ》うてまいりましょうか」

串部は門前の喧噪《けんそう》に目をやり、口にしたことを後悔するように溜息を吐く。

「一昨日の正午前、平川《ひらかわ》門の下見《げみ》座が外へ運びだされる早桶をひとつ目にしたとか。ひょっとして、早桶に納められた屍骸《むくろ》は、哀れな御小姓にござりますまいか。切腹も許されず、手討ちにされたのならば、義士たちの霊も嘆かれましょう」

「そうだな」

城内でも噂にのぼっているとおり、杉岡一馬が斬首されたのは事実だ。

蔵人介は廊下で杉岡を見送ったのち、どうにか厳罰を回避する術《すべ》はないものかと思案したあげく、公人朝 夕 人《くにんちようじやくにん》の土田伝右衛門《つちだでんえもん》を介して御小姓組番頭《おこしようぐみばんがしら》の 橘 右近《たちばなうこん》に連絡《つなぎ》を取った。

それというのも、杉岡の尋常ならざる症状に疑念を抱いたからだ。

「やはり、殿は毒を盛られたとお考えでござるか」

串部に横幅のある身を寄せられ、蔵人介は顔をしかめた。

「確たる裏付けはない。されど、伝右衛門にはそう言伝《ことづて》させた」

ところが、毒の件が橘の耳に届くよりもまえに、杉岡一馬は断罪に処せられた。

御側衆《おそばしゆう》のひとり、伴野若狭守直元《ばんのわかさのかみなおもと》の指示によるという。

小姓を差配する立場の橘は御髪番の失態を聞き、配下に向かって慎重に対処すべき旨の指図を出していた。ところが、頭ごしに伴野の指図が飛んだのである。上様の御命であると説かれれば、下の者も無言でしたがうしかなかった。

「上様は頬に傷も残らぬほどの軽傷であったやに聞きました。にもかかわらず、さように無慈悲なご決断を下されましょうか」

「ご自身で口になされたのかどうか、真実《まこと》のところはわからぬ。若狭守さまは御側衆のなかでも最古参ゆえ、疑念を抱いても口に出す者はおらぬのだ。御小姓や御小納戸のなかには、若狭守さまの仰ったことが上様のおことばだと信じる者も少なくない」

「そうでないこともおありなので」

「ある。ご決断の難しい厄介事はことにな」

御側衆が公方の存念《ぞんねん》を斟酌《しんしゃく》し、得手勝手《えてかって》な判断を「御下命」と称して通達するのだ。

側近が幅を利かせる政権は脆弱《ぜいじゃく》で、瓦解《がかい》の道をたどることは目にみえている。それでも、逆らえば何をされるかわからぬので、幕閣の重臣たちでさえも若狭守を腫《は》れ物のように扱っていた。

「橘さまはご自身の命が蔑《ないがし》ろにされたと知り、たいそうお怒りになったらしい」

ちょうどそこへ、密命の伝達者である公人朝夕人から毒の件がもたらされた。本来であれば裏付けのない疑念など捨ておかれても仕方ないが、橘は蔵人介に格別の信頼を置いている。奸臣《かんしん》成敗の密命を課してきた関わりからしても無視できず、即刻改易《かいえき》とされるべき杉岡家への仕置《しおき》にかぎっては、数日のあいだ据えおかれることとなった。

「毒の件を調べてみよとのご指示だ。伝右衛門も秘かに動いておる」

「毒をふくんだ震えのせいで剃刀を握った手許が狂ったのではないかと、殿は仰いましたな。手足に小刻みな痙攣をもたらす毒と申せば、何でござりましょう」

「鳥兜《とりかぶと》の根や毒空木《どくうつぎ》の実、それに、あれなどもそうだ」

蔵人介が顎をしゃくる参道のさきには、樒《しきみ》の束を抱えた侍が歩いている。

「樒でござりますか」

「ふむ、種は強い痺れをもたらす毒をふくんでおる」

城内の炭小屋などにも樒は山と積まれており、精進日のたびに中奥は抹香臭さに包まれた。

「されど、あれだけの痙攣を引きおこすには、よほどの量が要る。汁物に混ぜこむなどせぬかぎり、効きはせぬであろう」

しかも、効き目は四半刻足らずであらわれる。御髪番の小姓が大事な役目の直前に丼一杯の汁を口にしたとは考えにくい。

「樒でないとすれば、やはり、鳥兜あたりでござりましょうか」

「わからぬ。ここで憶測しておってもはじまるまい。それよりも肝心なのは、毒を盛った者の狙いだ」

「まさか、御髪番を傀儡《くぐつ》と化さしめ、上様のお命を狙ったとか」

「しっ、声が大きいぞ」

蔵人介が窘《たしな》めると、串部は蟹のような体軀《たいく》を縮める。

ふたりは参道をたどって本堂に詣り、裏手の墓地へ向かった。

雨雲の垂れこめた空は悲しげで、今しも雨が落ちてきそうだ。

人々は列をなし、四十七士の眠る墓石に手を合わせた。

多くの者が門前で買いもとめた樒を手向《たむ》けている。

そのなかに、蔵人介は見知った顔の老い侍をみつけた。

棒のように立ちどまると、驚いた串部が問うてくる。

「殿、どうなされた」

蔵人介の目は、大石内蔵助《おおいしくらのすけ》の墓に手を合わせる老い侍に向けられていた。

「あの御仁は、どなたであられましょうや」

串部にしつこく問われ、蔵人介は我に返った。

「御新番頭格奥勤《ごしんばんがしらかくおくづとめ》、杉岡日向守義知《ひゅうがのかみよしとも》さまだ」

「杉岡……まさか」

「ふむ、斬首された杉岡一馬のお父上にまちがいない」

家禄一千五百石、役高二千石、三河《みかわ》以来の由緒ある大身旗本《たいしんはたもと》で、しかも、重職の御側御用取次《おそばごようとりつぎ》にもっとも近い人物と目されていた。切れ者という噂もある。

地味で目立たぬ扮装《いでたち》に身を包んだ理由は、息子の不祥事ゆえに謹慎の命を下されたからであろう。命を破ってでも自邸を抜けだし、忠臣の誉れ高き大石内蔵助の墓に参じたかったのだ。

供の者も連れておらぬようなので、蔵人介は少し心配になった。

「ご老人、ちと長《なご》うござるぞ」

後ろで順番を待つ月代侍が声を荒らげても、杉岡は振りむかない。

屈んで両手を合わせ、じっと目を瞑《つむ》っている。

「こやつめ、耳が遠いのか」

月代侍が業《ごう》を煮やし、背後から肩に手を置いた。

杉岡はその手をむんずと摑むや、背負い投げの要領で投げとばす。

「うわっ」

月代侍は墓石に背中を叩きつけ、気を失ってしまった。

前後の連中は難を避け、身を引いて遠巻きに見守る。

「とんだ無礼をつかまつった」

杉岡は墓石に一礼するや、着物の前をはだけてその場に正座した。

待てと、声を掛ける暇もない。

脇差《わきざし》を抜くや、鈍い光が放たれた。

「ひゃっ」

町人の女が悲鳴をあげる。

鋭利な先端が、ぐさりと白い腹に突きたてられた。

「ぬぐっ……う、上様……せ、倅《せがれ》の不忠を……な、何卒《なにとぞ》、お許しくださりませ」

杉岡は脇差を横一文字に引きまわし、震える手でいったん抜きはなつや、疳高《かんだか》い雄叫びとともに臍下《せいか》へ突きさす。

「ぐおっ」

俯した勢いで白刃は深く刺しこまれ、血に染まった先端が羽織の背中を破って飛びだしてきた。

「ひっ、ひぇええ」

真っ赤な血が四散し、苔生《こけむ》した墓石を濡らす。

周囲が騒然とするなか、蔵人介は忠臣の壮絶な最期を見逃すまいと目を貼りつけた。

「……何と、哀れな」

串部は隣で拳を震わせている。

漠とした怒りを抑えきれぬのだろう。

手塩に掛けて育てあげた息子を、たとい言い訳の出来ぬ失態をしでかしたにしても、侍らしく腹を切る名誉さえも剝奪《はくだつ》するとは、あまりに惨《むご》い仕打ちではないか。関《せき》ヶ原《はら》の激闘以前から代々徳川《とくがわ》家に仕えてきた三河侍への、これが満天下を司《つかさど》るべき武家棟梁《とうりよう》の仕置なのか。であるならば、何と無慈悲な御下命ではないかと、口には出さずとも杉岡日向守は訴えたかったにちがいない。

親の無念が理解できるからこそ、串部は怒りに打ち震えているのだ。

「覚悟を決めておったのか」

謹慎の命を破って当主が腹を切ったとなれば、杉岡家は改易を免れまい。

それでも、日向守は踏みきった。

遺族の苦難を顧《かえり》みることもなく、おのれの信念に殉じた。

死をもっておのが存念を、若くして散ることを余儀なくされた命の尊さを、是が非でも家慶に伝えたかったのだろう。

――各々方、常軌を逸したおこないと笑わば笑え。

日向守の口惜しさが、蔵人介には手に取るようにわかった。

息子を失った苦しみが、それほどまでに深いのだと理解するよりほかにない。

いずれにしろ、早晩、杉岡家は消えてなくなる。

じつは、それこそが毒を盛った者の狙いであったとすれば、見事に目途《もくと》を達成したと言うべきかもしれぬ。

さめざめと降りはじめた雨に打たれながら、蔵人介は謀事《はかりごと》の臭いを嗅《か》いでいた。

三

翌日、正午。

そぼ降る雨のなか、蔵人介と串部は九段坂上《くだんざかうえ》の練兵館へ足を向けた。

都合よく雨がすべてを流してくれたかのようで、義士の墓前でおこった惨劇が現実のものとはおもえない。

「串部、にんべんの進物切手《しんもつきって》を忘れておるまいな」

「ご心配なく。これに」

頼りない従者は懐中に手を入れ、鰹節のかたちに設えた銀の薄板を取りだす。

『にんべん』とは日本橋《にほんばし》で鰹節を商う老舗《しにせ》のこと、鰹節と交換できる進物切手は土産として誰からも喜ばれた。

贈る相手は館長の斎藤弥九郎《さいとうやくろう》、卯三郎を剣の道に導いた恩師にほかならない。

神道無念流を標榜する練兵館は、江戸に数ある剣術道場のなかでも隆盛を誇っているもののひとつだ。斎藤の剣名を慕って、全国津々浦々から門弟が集まってくる。伊豆韮山《いずにらやま》代官の江川太郎左衛門《えがわたろうざえもん》や長州《ちょうしゅう》藩などの後ろ盾によって資金も潤沢で、館内には武具のみならず、欧州列強の砲術を紹介する貴重な書籍なども置いてあった。長州藩では練兵館に通わぬ藩士は軟弱者と揶揄《やゆ》され、進取《しんしゅ》の精神を学びたければ斎藤の門弟になるのが早道だとまで言われている。

優れた剣士を輩出するという評判に違《たが》わず、稽古は何処の道場よりも厳しい。

そうした練兵館で、卯三郎は幼いころから心身を鍛えてきた。

無骨な冠木門《かぶきもん》を潜ると、門弟たちの掛け声が聞こえてくる。

「せい、やあ。せい、やあ」

蔵人介が道場を訪ねるのはめずらしい。

今日は念願の師範代格に昇進すべく、卯三郎が「十人抜き」の試練に挑まねばならぬ日なのだ。

表玄関を訪ねると、巨漢の斎藤がみずから案内にやってきた。

ぎょろ目を剝き、顎の無精髭《ぶしょうひげ》を撫でまわす。

「これはこれは、矢背どの。幕臣随一の剣客であられる御仁にお越しいただけるとは、光栄の至りにござる。よろしければ、前座で拙者と立ちあっていただけまいか」

「えっ」

「ぬはは、軽い冗談でござる。そこもとと拙者では前座にならぬ。日の本の剣豪たちが挙《こぞ》って注目する一戦となりましょう。いずれ、そうした機会が訪れるやもしれぬ。楽しみは後々に取っておいたほうが、長生きをする言い訳にもなり申す」

斎藤は饒舌《じょうぜつ》に喋りながらも、眸子《まなこ》に異様な光を湛《たた》えていた。

本気なのだとわかった途端、腹の底から熱情が湧いてくる。

だが、蔵人介は面《おもて》に出さない。

涼しげに微笑み、道場の様子を窺った。

面籠手《めんこて》を着けた門弟たちが横二列に並んで向きあい、激しい組打ちを繰りかえしている。

卯三郎だけはただひとり、神妙な面持ちで道場の片隅に控えていた。

神棚のある正面中央には床几《しょうぎ》が置かれ、見知った顔の幕臣が厳《いか》めしげな顔で座っている。

「矢背どのはご面識がおありか。伊豆韮山の代官さまでござるよ」

「江川太郎左衛門さま」

蔵人介のつぶやきに気づいたのか、江川がこちらに会釈をする。

斎藤に肩を抱くようにされ、道場へ導かれていった。

「本日の十人抜き、江川さまもご覧になりたいと仰せでな。この三年ばかり、十人抜きに挑んだ者はおらぬゆえ、大いに期待なさっておいでなのだ」

江川をまんなかに挟んで、蔵人介と斎藤が左右に座る。

串部は卯三郎を激励すべく、道場の隅へ進んでいった。

組打ちをしていた連中は防具を取って壁際に正座し、奥の部屋からも門弟たちがぞろぞろあらわれる。

「初手、八木忠也《やぎちゅうや》、前へ」

斎藤は格別の口上も述べず、十人抜きの開始を宣言する。

立ちあいはどうやら、素面素籠手でおこなわれるようだ。

それゆえ、緊張のせいで蒼白になった卯三郎の表情もわかる。

相手の八木は大兵《だいひょう》で、三尺八寸の竹刀を力任せに振りまわす輩《やから》だった。

「きぇえぇ」

相青眼《あいせいがん》から気合一声、八木が面打ちに出る。

卯三郎はふいに身を沈め、がら空きの胴を抜いてみせた。

「勝負あり」

行司役の師範代が太い声を張りあげる。

八木は肋骨《あばら》をさすりながら口惜しがった。

「浅傷《あさで》のようにみえますが、真剣なら肺腑《はいふ》が断たれておりましょう」

斎藤が低声《こごえ》で解説する。

江川はじっくりうなずき、二番手の者に目をやった。

こんどは中肉中背、腰の据わった目つきの鋭い若者である。

「浜島《はましま》小十郎《こじゅうろう》、長州の番方では五指にはいる手練《てだれ》にござりましょう」

斎藤が説きおわらぬうちに、双方は立ちあっていた。

「きぇええ」

腹の底から気合いを発し、竹刀と竹刀をぶつけていく。

なるほど、浜島は強い。

卯三郎は受けにまわり、道場の壁に後退を余儀なくされていった。

ここで負けたら終わりだ。

観ているほうの拳にも、自然に力がはいる。

「卯三郎どの、そこだ、打て」

ひとり叫んでいるのは、串部であった。

芝居小屋で言えば「かぶりつき」に座り、身を乗りだして声援を送っては門弟たちから顰蹙《ひんしゅく》を買っている。

勝負は長引いた。

双方とも全身汗まみれになり、荒い息を吐いている。

「いやっ」

乾坤一擲《けんこんいってき》、浜島が突きに出た。

これを待っていたかのように、卯三郎が横に流れて受けながし、横面を浴びせる。

――ばしっ。

浜島がくずおれた。

打たれた瞬間、意識が飛んだにちがいない。

浜島が門弟たちに運ばれていくと、すぐさま、三番手があらわれた。

卯三郎は息を整える暇もない。

「すりゃ……っ」

三番手に抜擢された手練が、勢いに任せて突きこんでくる。

蔵人介はおもわず、奥歯を食いしばった。

江川は眸子を瞠《みは》ったが、斎藤は落ちついたものだ。

「実力の拮抗《きっこう》した者ばかりを選んでおります。無論、上にいくほど技倆はあがる。まともに闘うことができるのは、おそらく、七番あたりまでにござりましょう。そこからさきは、動かしたくともからだが動かなくなる。もはや、気力の勝負でござる。平常《ふだん》から培った鍛錬の度合いが、最後はものをいうはず」

斎藤の読みどおり、卯三郎は三番手を退け、四番手、五番手、六番手と、きわどい勝負をものにしていった。そして、七番手から勝ちを得たときには身も心もぼろぼろで、竹刀を上段に持ちあげるのさえ困難にみえた。

「そこまでか」

斎藤が声を掛けると、卯三郎は首を左右に振った。

「まだまだ」

声を掛けられたことで、気力が横溢《おういつ》してきたのだろう。

何処に余力が残っていたのか、ぶん、ぶん、ぶんと、力強く素振りを繰りかえす。

「よし、あと三番じゃ。ここからさきは、手練の御小姓衆にご登場願おう」

八番目に登場した若侍の顔をみて、蔵人介は眉をひそめた。

名は勝重又五郎《かつしげまたごろう》、死罪となった杉岡一馬の同輩で、杉岡の片腕を抱えて廊下を引きずってきた小姓のひとりだ。

「ごめん」

勝重は一礼し、踏みこみも鋭く中段突きに出る。

「飛鳥《ひちょう》」と称する技だ。

斎藤直伝の平青眼《ひらせいがん》からの突きは躱《かわ》すのが難しい。

卯三郎はしかし、これを後退せずに避けた。

「横三寸」の動きだ。

頭の位置も変わらず、足を運んだ形跡もない。

教えてすぐにできるものではなく、長年の鍛錬によって身についた動きであった。

「しぇい」

躱すと同時に、卯三郎は跳躍している。

竹刀を片手持ちにするや、弓から矢を放つ要領で相手の脳天に叩きつける。

――ばしっ。

竹片が飛んだ。

脳天を叩かれた勝重は白目を剝き、背中からどっと倒れこむ。

「奥義《おうぎ》、円月《えんげつ》か」

さすがの斎藤も、瞠目《どうもく》を禁じ得ない。

蔵人介は誇らしかった。

串部は手を叩いて喜んでいる。

だが、まだ終わったわけではない。

九番目に登場したのは、杉岡一馬の腕を抱えていたもうひとりの小姓だった。名は赤西平六《あかにしへいろく》、杉岡と同じく御髪番を勤めており、杉岡が公方家慶の頰に傷をつけたとき、そばで一部始終をみていた若者である。

「いざ」

赤西は竹刀を青眼ではなく、横一文字に構えた。

こうなると、正面から打ちこむのは容易でない。

横から脇胴か腿《もも》の付け根あたりを狙うしかないのだが、横にまわった瞬時に薙《な》ぎはらわれる危険も孕《はら》んでいる。難しい技だけに「一文字の太刀」を使う門弟は数えるほどしかいない。そもそも、よほどの実力者でないかぎり、斎藤が習得を許さなかった。
双方は横一文字と青眼に構えたまま、一歩も動かない。
道場には息が詰まるような静寂が流れた。
喉の渇きをおぼえて隣をみると、江川がしきりに水を呑んでいる。
斎藤はむっつり押し黙ったまま、勝負の行方に目を凝らしていた。
神道無念流の剣理には「懸中待《けんちゅうたい》」なる言いまわしがある。
相手の出方を待ち、打つ手の動きに合わせて同じ技を繰りだす。
要するに、相打ち覚悟で紙一重の勝利を狙う技であった。
両者は、なかなか動かない。
いや、動くことができない。
先に仕掛けたほうが負けに近づくと、身に染みてわかっているからだ。
じりじりとした時が過ぎていった。
気づいてみれば、日没も近い。
すでに、半日が経過していた。
雨は疾《と》うにあがり、格子窓からは夕陽が射しこんでいる。
卯三郎の横顔は朱に染まり、胴衣からは湯気がむらむらと舞いあがっていた。

いまだ、ひと振りもしておらぬというのに、赤西も額に玉の汗を掻いている。

どうしても勝ちたい。勝たねばならぬという気持ちが、ふたりの手足を硬直させているのだ。

「掛かれい」

突如、斎藤が吼《ほ》えた。

声に突き動かされたかのように、卯三郎がさきに動いた。

相手の横にまわりこみ、脇胴を狙って竹刀を繰りだす。

「はいやっ」

赤西が嬉々として叫び、下段から鋭く薙ぎあげてきた。

——ばしっ。

何と、卯三郎は痛烈な一撃を右臑《すね》で受けとめる。

と同時に、おのれの竹刀を相手の脇腹に叩きつけていた。

赤西はたまらず、床に倒れこむ。

その場で嘔吐を繰りかえし、門弟たちに引きずられていった。

卯三郎は片膝をついたまま、顔をあげることもできない。

行司役が困ったように振りむいた。

斎藤に迷いはない。

「続行だ。真剣ならば、卯三郎は臑を一本失いつつも、相手の息の根を止めていた」

蔵人介は、ほっと安堵の溜息を漏らす。

卯三郎は立ちあがった。

そして、いよいよ、十人目の相手があらわれた。

縦も横もあり、仁王のような面《つら》構えをしている。

「あっ」

蔵人介は、おのが目を疑った。

卯三郎の面前に立ちはだかったのは、御小姓頭取の小山田監物にほかならない。

杉岡一馬を助けた蔵人介にむかって「鬼役づれが余計なことをいたすな」と発した横柄《おうへい》な男のことだ。

もちろん、斎藤が仕組んだわけではあるまい。

蔵人介は、何かの宿縁《しゅくえん》を感じざるを得なかった。

「まいるぞ」

小山田は竹刀を上段に掲げ、そこからさらに一段高く構えなおす。

口伝《くでん》を旨とする奥義に「無上剣《むじょうけん》」なるものがある。
ひょっとすると、それかもしれない。
技倆によほど自信があるのか、小山田は待ちの姿勢をみせなかった。
一方、卯三郎はすっと身を屈《かが》め、蹲踞《そんきょ》の姿勢を取る。
両手を鶴翼《かくよく》に大きくひろげ、相手を下から睨《ね》めつけた。
八番目の勝負あたりから、あきらかに目つきが変わっている。
喩《たと》えてみれば、獲物を狙う猛禽《もうきん》の眸子であった。
身は自在に動かずとも、気迫は充実している。
だが、小山田にたいしては容易に通じまい。
斎藤も一目置くほどの技倆を身につけ、それが満々たる自信の裏付けになっている。
「ぬりゃお」
小山田は獅子吼《ししく》し、歩み足で結界《けっかい》を破った。
熾烈《しれつ》な上段の一撃は、まともに受ければ竹刀を叩き折るほどの威力を持つ。
卯三郎は蹲踞の姿勢から伸びあがり、両腕も伸ばして十字に受けた。
「うぬっ」

が、あまりの衝撃に膝を折る。
そこへ、二ノ太刀が落ちてきた。
横転して避けるや、小山田の竹刀が床を叩く。
——ばしっ。
竹片が飛んだ。
卯三郎は起きあがったものの、さきほど痛めた右臑が万全でない。
足を引きずりながら、どうにか青眼に構えなおす。
「そりゃ……っ」
間髪を容れず、小山田が打ちこんできた。
またも大上段からの一撃、無上剣である。
二度、三度と打ちこまれ、受ける一方の卯三郎は壁際へ追いつめられた。
門弟たちが慌てて散り、ついに逃げ場がなくなってしまう。
「鼠め」
小山田が吐きすてた。
過信が仇《あだ》になったのか、つぎの瞬間、奇蹟が起こった。
卯三郎の背が壁にぶつかり、その反動で繰りだされた竹刀の先端が相手の胸を突いたのだ。

「うっ」

小山田は短く発し、額を壁に叩きつけた。

胸を突かれた瞬間、気を失っていたのである。

「戸板、早く戸板」

誰かの声に、門弟たちが走りだす。

卯三郎は壁に背をもたせたまま、ぜいぜい息をしていた。

すべての力を絞りだし、顔をあげることもままならない。

「見事。十人抜きの達成をみとめる」

斎藤の声が、道場に朗々と響いた。

「ふはは、やりおった」

串部は感激の余り、涙まで流している。

江川は満足そうに微笑み、うなずきかけてきた。

蔵人介は深く一礼し、心から感謝の意をあらわす。

卯三郎は何とか立ちなおり、こちらに顔を向けた。

にっこり笑った顔は清々《すがすが》しく、眩《まぶ》しげに輝いていた。

四

市ヶ谷御納戸町《いちがやおなんどまち》、矢背家。

夕餉の膳には、鯛の尾頭付きが並んだ。

「自腹じゃ。心していただくように」

志乃は皮肉を口走りつつも、喜びではちきれんばかりの顔をしている。

「まことに、よくがんばりましたなあ」

と、幸恵も手放しで褒《ほ》めてくれた。

鐵太郎の実母である幸恵のひとことがよほど嬉しかったのか、卯三郎は顔を真っ赤に染めて恥ずかしがった。

串部が身を乗りだす。

「大奥様、お聞きくだされ。何せ、拙者はかぶりつきで観ておりましたからな。九番手の御小姓に髷を刈られたときは、心ノ臓が止まりかけましたぞ」

「髷刈りは、おぬしの得意技であろう」

「仰せのとおりにござるが、刈られた身になったのは今日がはじめてかもしれませぬ」

志乃は蔵人介と串部が帯びる密命のことを知らぬはずだが、時折、知っているかのような態度をみせる。柳剛流《りゅうごう》の臑刈りで数多くの奸臣《かんしん》どもを葬ってきた男も、志乃にかかっては赤子も同じだ。

矢背家では奉公人も揃って膳を囲むことになっているので、畳部屋からつづく板の間には下男の吾助《ごすけ》や女中頭のおせきの顔もある。各々の膳には平皿や鉢が豪華に並び、椀に盛られた飯は蒸飯だった。

平皿の刺身は甘鯛、煮物には煎り酒で味を調えた鯛の擂り身と豆腐二種、野菜は天王寺蕪と尾張大根、猪口は蕗《ふき》味噌、鱚《きす》の生姜膾、赤貝《あかがい》の酢味噌、梅びしお、烏賊《いか》の青和えと五種もある。さらに、牡蠣の実のすまし汁が付いた。

じつは、公方に供された朝餉の膳が再現されている。

これも毒味修行の一環なのだ。

夕餉は和気藹々《わきあいあい》と進むようにみえて、張りつめた空気に包まれていた。

みな、箸を動かしながらも、卯三郎の骨取りに注意をかたむけている。

難しい尾頭付きの骨取りは、どうにか無事に終わった。

もちろん、蔵人介の域には達していないが、駆けだしの鬼役としては、まずまずの出来だろう。

みなも安堵の表情を浮かべたところへ、勝手のほうからよろよろと、一匹の蠅が飛んできた。季節をまちがえた莫迦な蠅は、串部や卯三郎の眼前を通りすぎ、志乃のほうへ向かっていく。

志乃は背筋を伸ばして汁を啜り、ことりと椀を置いた。

そして、おもむろに右手を持ちあげ、杉箸の先端で蠅を摘《つま》む。

摘んだ途端、ばきっと箸を折り、こともなげに発してみせた。

「そろりと、はじめねばなるまいの」

卯三郎のみならず、誰もがごくっと生唾を呑みこむ。

「練兵館で十人抜きを達成したからというて、おいそれと矢背家の跡継ぎに迎えるわけにはまいらぬ」

志乃は毅然と言いはなった。

「わが矢背家は洛北《らくほく》の八瀬《やせ》に通じておる。わたくしは閻魔《えんま》大王にお仕えした八瀬童《どう》子《じ》の末裔《まつえい》じゃ。有《あ》り体《てい》に申せば、鬼の子孫よ。八瀬の民は鬼の子孫であることを誇り、今も裏山の祠《ほこら》に鬼を祀《まつ》っておる。八瀬童子の末裔《まつえい》たちはまた、禁裏《きんり》のやんごとなき方々の輿《こし》を担いでまいった。ただ、担ぐだけではないぞ。禁裏《きんり》の影法師《かげぼうし》となり、間諜《かんちょう》のお役目にいそしみ、戦国の世にあってはかの織田信長《おだのぶなが》公でさえ恐懼《きょうく》させるほどのはたらきをしてみせた。比叡山延暦寺《ひえいざんえんりゃくじ》とも領地を争い、平気で盾突くほど誇り高き民じゃ。わたくしはな、そうした八瀬衆の首長に連《つら》なる家に生まれた」

卯三郎も知っているはずの内容だが、淡々と繰りだされることばが呪文のようにみなの気持ちを搦《から》めとる。

「されば何故、故郷を捨てて江戸へ参り、徳川家にお仕えするようになったのか。その理由はひと言では申せぬ。運命《さだめ》であったとしか今は言えぬ。なれど、わたくしはけっして、八瀬衆の気概を失ったわけではない。運命に導かれて賜ったお役目を蔑《ないがし》ろにしたこともない。矢背家の当主は切りたった崖に立つ一本松のごとく、誇り高くあらねばならぬ。どのような困難にも動じず、いかに強大な敵が立ちはだかろうとも威風堂々と立ちむかわねばならぬ。おわかりか。矢背家の当主になるには、並々ならぬ覚悟が要るのじゃ。脈々と流れる八瀬衆の誇りを背負うためには、いくつかの試練を超えてもらわねばならぬ」

「いくつかの試練でござりますか」

「さよう、蔵人介どのも超えた試練じゃ」

志乃は卯三郎の問いに応じつつ、勝手のほうに顔を向けた。

「吾助、豆を投げよ」

「はっ」

吾助は命じられるや、片手で鷲掴みにした豆を頭上に投げる。

そして、すべての豆を空《から》の茶碗で受けとめた。

志乃が問う。

「卯三郎、豆はいくつあった」

こたえあぐねていると、厳しい口調で叱りつけられた。

「一瞬たりとも気を抜いてはならぬ。豆は十三じゃ、のう、吾助」

「仰せのとおりにござります」

串部は目を丸くしたが、蔵人介と幸恵は動揺の色をみせない。

家督《かとく》を継ぐための試練がどのようなものか、わかっているからだ。

「忍耐、胆《きも》、不惑。おぬしはこの三つを我が物とせねばならぬ」

たとえば、腐った鯛を朝から晩まで飽きもせずに睨みつづけるのも、忍耐を培う修行のひとつだという。

「睨み鯛のおかげで、ほとんど瞬《まばた》きをせずとも骨取りができるようになったであろう。魚の皮の裏まで見通せるはずじゃ。目だけではない。呼吸もしておらぬほど静かになった。されど、世の中何があるかわからぬ。曲がり角のさきには地獄が口を開けているとおもうたほうがよい。ふふ、それを証拠に、馬酔木《あせび》の毒を仕込んでおいた」

「えっ」

「鯛の擂り身じゃ。ほれ、すでに食しておろう」

刹那《せつな》、卯三郎はぶへっと胃の中身を吐きだした。

吐瀉《としゃ》されたものが畳を汚しても、志乃は平然とつづける。

「案ずるでない。死にはいたらぬ」

卯三郎が涙目で耐えつづけるなか、おせきが畳の目に沿って滑るように身を寄せ、慣れた仕草で片付けを済ませる。

ほかの連中は何事もなかったように、箸を動かしていた。

志乃は膳を除《よ》け、すっと立ちあがり、卯三郎の面前に身を寄せる。

そして、袖口から小豆《あずき》大の黒い丸薬を何粒か取りだした。

「これを呑むがよい。萬病圓《まんびようえん》と申してな、白朮《びやくじゆつ》や黄栢《おうばく》など八種の生薬《きぐすり》を調合した毒消しの薬じゃ。調合したのは誰あろう、大権現家康《いえやす》公でな、嘘ではないぞ。宝の薬と称されておる稀少なものじゃ」

急いで薬を呑むと、卯三郎はけろりと快復した。

志乃は席に戻り、替えの杉箸を使って鯛の擂り身を取る。

美味しそうに食べると、ふたたび、語りはじめた。

「胆を鍛えるには、毒試しにかぎる。鬼役はな、毒を嗅ぎわける鼻と舌を持たねばなるまいぞ。何よりも、鉄の胃を持つことが肝要じゃ。万が一、毒を啖うたときも動じず、何があっても心を波立たせてはならぬ。不惑じゃ。わかるか、卯三郎」

「はい」

「死なば本望。それが矢背家の家訓ではあるがな、死んだら元も子もない。毒をふくんだとおもうたら、遠慮せずに吐け。のどちんこを指で摘めば、上手に吐くこともできよう。ふふ、乞胸《ごうむね》の芸にもあろう。金魚を呑みこんで吐きだす要領じゃ」

志乃以外は、誰ひとり笑いもしない。

黙々と箸を進める様子は不気味ですらあった。

「蔵人介どの、されば、皮切りに水練《すいれん》を」

「かしこまりました」

志乃の指図に、蔵人介が無表情で応じる。

串部がおもわず、問いを発した。

「大奥さま、水練とは何でござろうか」

「ここでは言わぬ。前田《まえだ》さまの御下屋敷に伺えばわかる」

「加賀《かが》百万石の前田さまにござりますか」

「そうじゃ。何なら、おぬしも試してみるがよい」

「えっ」

もはや、後戻りはできぬ。

蔵人介としても、いっさいの迷いを打ち消さねばならない。

一方、肝心の卯三郎は、何とも言いようのない不安を面に浮かべていた。

五

三日後の八日は事納め、正月から飾られていた歳神《としがみ》の棚を外し、芋や牛蒡《ごぼう》や人参などの野菜を味噌で煮た「従弟汁《いとこじる》」を食す。「従弟」は「甥《おい》」に通じ、煮えにくいものから「おいおい」に鍋に入れるという語呂《ごろ》合わせらしい。

町を歩けば、家々の屋根や軒に妙な竹竿が立っている。先端に笊《ざる》をつけた代物で、天から降ってくる宝物を受けとるための細工なのだという。如月八日はまた針供養の日でもあるので、軒先には折れ針を無数に刺した豆腐などが見受けられた。

蔵人介は卯三郎と串部をともない、中山道《なかせんどう》の板橋中宿《いたばしなかじゅく》へ足を延ばした。

加賀百万石の下屋敷は、石神井《しゃくじい》川の手前にある。

あらかじめ用件を伝えてあったので、素姓を告げると門番はすぐに取りついでくれた。

年若い用人があらわれ、屋敷の奥へ案内してもらう。

しばらく客間で待っていると、髪も髭も白い老臣がやってきた。

下座に控えた蔵人介たち三人は平伏し、じっと動かない。

「矢背どの、お手をおあげくだされ。当家留守居《るすい》役、津幡内記《つばたないき》にござる」

「これはこれは、恐悦至極《きょうえつしごく》にござりまする。御留守居役さま御自ら案内いただくとは、予想だにしておりませなんだ」

「ほかならぬ志乃さまのご依頼とあらば、神輿《みこし》をあげぬわけにはまいらぬ。何せ、奥向きで薙刀《なぎなた》を指南いただいていた時分は、ずいぶんとお世話になり申した。拙者の奥もお教え願った口でな、おかげさまで今も存命どころか、惚けもせずにぴんしゃんしてござる。ところで、志乃さまは息災《そくさい》であられようか」

「おかげさまで、風邪ひとつひいておりませぬ」

「それは重畳《ちょうじょう》」

と言いつつ、津幡は何やら物思いに耽《ふけ》る。

「津幡さま、どうかなされましたか」

「ん、いや何、あのころをおもいだしてな」

「あのころ」

「まだ若いころのことさ。きりりとした志乃さまの面影が、今も瞼《まぶた》の裏に焼きついて離れぬ」

恋情でも寄せていたのか、心なしか顔を赤らめている。

後ろに控える串部が、くすっと笑った。

津幡は我に返る。

「光陰《こういん》矢のごとし。蔵人介どのがここへ水練にみえられたのが、昨日のことのようじゃわい」

「いかにも」

蔵人介も懐かしそうに応じると、津幡は卯三郎のほうへ膝を乗りだした。

「そちらのお方か」

「はい、卯三郎と申します」

「なかなか、よい面構《つらがま》えをしておる。なれど、わが藩の水練はきついぞ。耐えられようかの」

すかさず、蔵人介が応じた。

「耐えられねば、家督を譲るわけにはまいりませぬ」

「ふはは、そういうことじゃな。生半可《なまはんか》なことでは、矢背家のご当主にはなれぬ。逆《さか》しまに、当主となった者は、しかるべき方々から一目も二目も置かれることになろう。すべて、志乃さまのご人徳よ。わが藩だけではない。雄藩《ゆうはん》を支えるご重臣の多くが、志乃さまと矢背家のためならば、ひと肌もふた肌も脱ぎたがっておる」

「もったいないおことばにござります」

志乃の慕われようを改めて知り、卯三郎は何やら誇らしくなってくる。だが、肝心要となる水練の中身を聞かされていないので、不安は募るばかりであった。

津幡は手にした扇子《せんす》で膝を打つ。

「さて、長話はこれくらいにして、庭の池畔へまいろうか。すでに、仕度は整えてあるゆえな」

「はは」

老臣の背につづいて外へ出ると、雨雲が低く垂れこめていた。

「正午前じゃというに、夕暮れのごとき空模様よのう」

さすがに百万石の大大名だけあって、下屋敷の庭は広大すぎて敷地を囲う塀すらみえない。

石神井川の水を取りこんだ池も広く、大きな鯉が悠々と泳いでいた。

「鯉は冷水を好む。わが藩にも冷水を好むうつけ者がおっての、ほれ、あれに」

津幡が指さした太鼓橋の手前に、緋縅《ひおどし》の甲冑《かっちゅう》に身を固めた家臣がひとり跪《ひざまず》いていた。

「もしや、あのお方は」

「ふふ、旗奉行の押水左近《おしみずさこん》と申しあげたいところじゃが、あやつは倅《せがれ》の金吾《きんご》にござる。蔵人介どのに水練を指南した左近は、三年前に心ノ臓を患って身罷《みまか》りましてな、金吾が家督を継いだのじゃよ」

「さようにござりましたか」

肩を落とす蔵人介の背後には、顔色《かおいろ》を失った卯三郎がしたがっていた。

しんがりの串部は目を皿にし、待ちかまえる甲冑武者をみつめている。

四人が近づくと、押水金吾は片膝をついたまま、長い幟《のぼり》を打ちたてた。

「おお、梅鉢《うめばち》にござるな」

と、串部が大仰に驚いてみせる。

翩翻《へんぽん》とひるがえる幟には、白地に黒で縦に三つ、加賀前田家の家紋が描かれていた。

「さよう。加賀前田家旗奉行による勇壮な技、まずはとくとご覧にいれて進ぜよう。金吾、行けい」

「はっ」

押水金吾は幟を持って立ちあがるや、腰に垂れた草摺《くさずり》を鳴らしながら小走りに池畔へ向かった。

そして、一片の迷いもみせず、甲冑を着けたまま池に飛びこむ。

――ばしゃっ。

夥《おびただ》しい水飛沫《みずしぶき》が舞いあがった。

「されば、参ろう」

嬉々として駆けだす津幡の背にしたがい、三人は急いで太鼓橋へ向かい、欄干から身を乗りだす。

「おっ、浮いておる」

串部が驚いて発したとおり、甲冑武者は足の立たない水面に浮いていた。

立ち泳ぎで浮いているだけでなく、両手で持った幟を左右に振ってみせる。

「ぬはは、いかがじゃ。あれがわが藩の旗奉行でござる。一刻《いっとき》余りもああして、冷水に浮いておるのよ」

押水金吾のまわりを、黄金の鯉が悠々と泳いでいる。

泳ぎの技倆と並々ならぬ忍耐の両方を兼ねそなえていなければ、とうていできることではない。

見事としか言いようがなかった。

「あれをな、卯三郎どのにもやってもらう」

津幡内記は白い顎髭をしごき、当然のことのように言ってのける。

「まことかよ」

串部はひとりごち、ぶるっと身を震わせた。

過酷と言えば、あまりに過酷な水練である。

卯三郎は嫌とも言えず、むっつり押し黙った。

「お預かりするのは、七日間でよろしいかな」

津幡に同意を求められ、蔵人介は深々と頭を下げた。

「涅槃会《ねはんえ》の夕刻にまいります。それまでにどうか、ものになるように鍛えてやってくだされ。何卒、お願い申しあげまする」

深々と頭を下げると、津幡は胸を反らす。

「志乃さまたってのお願いとあらば、是が非でも、やり遂げねばなるまいて。ぬは、ぬはは」

老臣の高笑いが響いても、池に浮かぶ旗奉行は涼しげな顔で幟を振りつづけていた。

「よろしければ、従者どのも付きおうておやりなされ」

津幡に冗談とも本気ともつかぬことばを掛けられ、串部は必死に首を振った。

「とてもとても、拙者ごときにできようはずもありませぬ。くわばら、くわばら」

「くはっ、さては怖《お》じ気《け》づいたとみえる」

津幡は微笑みながらも、朗々と声を響かせる。

「従者どの、お聞きなされ。生と死を分かつ熾烈な合戦場にあって、旗奉行はああして味方の士気を鼓舞《こぶ》しつづけてきたのでござる。奇をてらった見世物ではない。侍の反骨をみせつける術《すべ》なのでござるよ。押水の先祖が合戦場で旗を振ったおかげで、今のわしらがある。わが藩の者たちはみな、そう信じて疑わぬ。泰平の世にあっても、侍には忘れてはならぬものがある。過酷な水練は、それが何かを教えてくれる。挑む意味はそこにあるのでござる」

串部ばかりか、卯三郎の顔も紅潮していた。

津幡のことばが腑に落ちたのであろう。

蔵人介は一抹《いちまつ》の不安を残しつつも、串部とともに下屋敷をあとにした。

六

翌九日は初午《はつうま》、市井《しせい》の人々は笛や太鼓を鳴らして稲荷を奉じる。家々の軒には地口行燈《じぐちあんどん》が吊るされ、朱地に白抜きで「正一位稲荷大明神」と書かれた幟がそこいらじゅうに閃《ひらめ》いた。

「稲荷さんの御勧化《かんげ》印十二銅おあげ」

小童《こわっぱ》たちは大声を張りあげ、誰彼かまわずに銭を請い、豆や菓子を貰う。

府内には五千を超える稲荷が祀《まつ》ってあるので、町内ごとに盛りあがっていた。稲荷の幟や狐の張り子を掲げた洟垂《はなた》れどもは、盆と正月がいっしょに来たかのような浮かれようだ。

千代田城内にも、市井の喧噪《けんそう》は伝わってくる。

御休息之間の下段にて御用をおこなう公方家慶も、何やら気持ちは上の空のようで、役人の進退などで至急を要する「即下り」の伺いなども滞りがちになっていた。御用取次の御側衆があたふたと廊下を行き交っても、仕置はいっこうに進まない。あげくの果てにはだいじな御用を放りだし、奥の応接間でもある御座之間において宝生流《ほうしよう》の謡《うたい》を舞いだす始末、御側衆や奥右筆《おくゆうひつ》は溜息を吐《つ》き、御小姓や御小納戸は仕度に大わらわ、端で眺めていても同情を禁じ得なかった。

表向《おもてむき》の重臣たちは、家慶の気まぐれな性分に眉をひそめる。だが、正面切って諫言《かんげん》する者はひとりもいない。勘気《かんき》を蒙《こうむ》って失職するのを恐れているのだ。

老中首座の水野越前守忠邦《みずのえちぜんのかみただくに》でさえも「余計なことをせぬほうが物事は上手く収まる」と、周囲に囁いているらしい。近頃は大御所の家斉《いえなり》が病がちで西ノ丸の威勢もめっきり衰えており、家慶の機嫌を取っておいたほうが得策だと算盤《そろばん》を弾いているのだろう。

もちろん、中奥《なかおく》の片隅に控える鬼役には関わりのないことだ。

むしろ、上の顔色を窺って右往左往する連中が哀れにおもえて仕方ない。

もっとも、諸大夫《しよだいぶ》のほとんどは表向から奥へ踏みこむことも許されなかった。

表向と中奥勝手口の境目は、黒書院のすぐさきにある土圭之間《とけい》である。廊下を仕切る杉戸には「これより内は口奥、御用なき輩いっさい出入りすべからざるものなり」という貼り紙が見受けられた。

杉戸を開けて右手に進めば御膳所、廊下をまっすぐに進めば笹之間へたどりつく。

つつがなく夕餉の毒味を済ませたころには、昼間の喧噪が嘘のように消えていた。

控えの間で休んでいると、杉戸のほうから小さく、ねずみ鳴きが聞こえてくる。

「ちゅう、ちゅう」

蔵人介はすっと立ちあがり、音も起《た》てずに襖を開けた。

人の気配を窺いつつ廊下を渡り、御膳所そばの厠《かわや》へ向かう。

厠につづく壁際の死角から、人影がひとつ抜けだしてきた。

公人朝夕人、土田伝右衛門である。

「毒の調べは、すすんでおられますか」

「いいや。じつを申せば、端緒《たんしょ》すら摑めておらぬ」

「端緒なら、これに」

「ん」

手渡されたのは、葉の断片だった。

「囲炉裏之間《いろりのま》に忍びこみ、みつけてまいりました」

「何だと」

汁物などを温めなおす囲炉裏之間は、公方の寝所である御休息之間に近い。原則、小姓だけが出入りを許されており、見張りに捕らえられれば手討ちは免れなかった。

もちろん、伝右衛門がそのようなへまをするはずはない。

「何の葉か、矢背さまにはご判別できましょうか」

「ふうむ、わからぬ。されど、心当たりがあるゆえ、調べさせてみよう」

葉を懐紙に挟んで袖口に仕舞うと、伝右衛門が溜息を吐いた。

「矢背さまにしては、のんびりとなさっておいでだ。板橋中宿へ足労なさるお暇がおありなら、死罪になった杉岡一馬さまの身辺でも探ってくだされればよいのに」

痛いところを突かれ、ぐうの音も出ない。

「可哀相に、杉岡さまは同役たちから酷い仕打ちを受けておりましたぞ」

「まことか」

杉岡一馬は小姓になりたての新参者だった。色白で見栄えの良い風貌ゆえか、公方家慶のおぼえめでたく、同役の小姓たちから羨ましがられていたという。御髪番に抜擢されたきっかけは、急遽《きゅうきょ》、体調の不良で勤めができなくなった御髪番の代役であった。偶《たま》さかほかに代役もおらず、上役も弱りきっていたところへ、杉岡みずから手を挙げ、見事にお役目をまっとうしたのだ。

「秘かに剃刀の修練を積んでいたのでござる」

急場をしのいだ小姓たちは胸を撫でおろし、感謝の意をしめした。

ところが、そんな杉岡一馬のことを快くおもわぬ者がいた。

「御小姓頭取、小山田監物にござります。矢背さまもご存じのはず」

杉岡は機転を利かせたこの日の活躍もあり、御髪番となることが正式に認められた。

一方、小山田は非番であったがゆえに、蚊帳《かや》の外へ置かれる恰好になった。下の者の出世が頭ごしに決められたことに、激しい怒りをおぼえたのだ。

蔵人介は顔をしかめる。

「頭取とは申せ、役料は平の小姓と同じ五百石にすぎぬ。ただの古参にすぎぬ頭取に御髪番を決める力はあるまい」

「それは表向きのはなしにござる」

三十人からいる小姓を束ねるのは六人の頭取で、なかでも最古参である小山田の意見は無視できないという。

「束ね役の橘さまも、平小姓の目配りは頭取どもに任せていると仰せでした」

内情を調べてみると、出世意欲の旺盛な者が多く、誰もがみな、どうにかして公方の歓心を得ようと懸命になる余り、足の引っぱりあいをおこなうこともあるようだった。小姓にあがったばかりの杉岡は、家慶に気に入られてしまった日から、針の筵《むしろ》に座らされた気分であったに相違ない。

ことに、小山田監物の恨みは深かった。杉岡一馬の家が家禄一千五百石の大身であったのにくらべて、小山田のほうは半分の七百五十石にすぎない。そのことも執拗な恨みを買う一因だったのではないかと、伝右衛門は推察する。

「小山田は杉岡の一挙手一投足に目を光らせ、口うるさく叱っていたそうです。聞くところによれば、お役目の直前に山葵を丸ごと食わせたこともあったとか」

「山葵を」

もはや、陰湿ないじめである。

「されど、杉岡一馬は泣き言を言わず、懸命に耐えていたそうです。みかねた同輩が重臣でもある父親に相談してはどうかと囁いたところ、告げ口は侍にとってもっとも恥ずべきことと応じ、唇を嚙みしめていたのだとか」

健気《けなげ》に耐えていたのだとおもえば、いっそう胸が痛む。

いじめは度を超えていき、ついに、あの日になった。

「御顔剃りの直前、杉岡一馬は囲炉裏之間に控えていたそうです。温め番は頭取の小山田以下三名で、三名以外に出入りした者はおりませぬ」

小山田を除いたふたりは、勝重又五郎と赤西平六であった。正気を失った杉岡の両脇を抱えて引きずってきた連中にほかならない。

三人は橘から別々に呼びだされ、内々に事情を糾《ただ》されたという。

「されど、囲炉裏之間で何があったかは、あきらかになりませんでした。ひょっとしたら、山葵を食わされておったのかも」

「食わされておったとしても、山葵ごときであれだけの症状にはならぬ。ただし、毒が混ざっていたとすれば、あり得ぬはなしではない」

「毒の混入を証明するのは難しゅうござりましょうな」

「三人のうち、誰かに口を割らせるしかあるまい」

伝右衛門は黙りこみ、ふと、話題を変えた。

「そう言えば、ご養子どのが練兵館で十人抜きをやられたそうですな」

「卯三郎はまだ、養子と決まったわけではないぞ」

「ふふ、厳しい試練を超えねば、矢背家の養子にはできぬというわけですか」

「十人抜きの最後のひとりが小山田であったこと、すでに調べておるのであろう」

「八番目が勝重で、九番目が赤西であったことも、すべて承知しております。これも何かの因縁と言うしかございますまい。剣豪の誉れ高き斎藤弥九郎の面前で不覚を取った小山田監物の念頭には、矢背さまと卯三郎どのの顔が刻みこまれたはず」

「勝手に恨むがいいさ」

「小山田は無理でも、勝重と赤西はまだ若い。矢背さまが直《じか》に当たれば、真実を喋るかもしれませぬぞ」

蔵人介も、じつは同じことを考えていた。

宿直《とのい》が明けたら、さっそく、当たってみるしかあるまい。

七

翌朝、蔵人介の耳に訃報《ふほう》が飛びこんできた。

小姓の勝重又五郎が変死を遂げたというのだ。

勝重は囲炉裏之間にいたとされる若い小姓のひとりで、練兵館の十人抜きでは卯三郎と八番目に闘った相手だった。

昨夜は非番で、番町《ばんちょう》の自邸から近所の稲荷に詣でた帰路、何者かに矢を射られた。

矢は何と、こめかみを射抜いていたという。

蔵人介は正午前に役目を済ませ、さっそく串部と番町へ向かった。

若い小姓のもうひとり、赤西平六を訪ねようと考えたのだ。

赤西邸は表《おもて》二番町と法眼坂《ほうげんざか》の交差する辺りと聞いてきたので、すぐにわかった。

非番であることを確かめて訪ねると、湯島《ゆしま》天神へ参詣に向かったばかりだと教えられた。

なるほど、今日は湯島天神の祭礼であった。

砥餅《ともち》と称し、餅を砥石のように四角く切って氏子《うじこ》に配る。

どうやら、母方の実家が氏子《うじこ》で、赤西は毎年参詣を欠かさぬらしかった。

「存外に信心深いようで」

皮肉を漏らす串部とともに、濠《ほり》をめざして進む。

どんつきは御厩谷《おんまやだに》だ。左手に曲がって坂を下り、下った先をふたたび左手に曲がって少し行ったところに、禿小路《かむろこうじ》があった。

三つ叉の道端に、供花が散らばっている。

勝重又五郎が矢で射抜かれた場所だった。

蔵人介は足を止めて祈りを捧げ、周囲に目を配る。

禿小路の暗がりに、くせ者が潜んでいたことはあきらかだ。

「このあたりでしょうか」

串部は暗がりに佇《たたず》み、弓を引く仕草をする。

勝重が提灯《ちょうちん》を持っていたにしても、周囲には軒行灯もなく、暗かったにちがいない。昨夜は月明かりも乏《とぼ》しかったので、的を射抜くことさえ難しそうだ。

「夜目の利く者の仕業《しわざ》だな。いずれにしろ、弓の名手でなければ、一矢でこめかみを射抜けまい」

「仰せのとおりにござる。くわばら、くわばら」

と、串部は肩をすくめる。

ふたりは牛込《うしごめ》から駿河台《するがだい》のほうへ向かい、水道橋《すいどうばし》から神田川《かんだがわ》を渡った。

しばらく歩いて湯島天神にたどりつくと、門前は参詣客で溢《あふ》れかえっている。

さほど広くもないところに茶見世や見世物小屋も集まっており、侍と町人の入り乱れた人の波が蠢《うごめ》いていた。

「あのなかからみつけるのは、ちと骨でござるな」

鳥居を潜って参道をたどり、ともかくも拝殿へ向かう。

拝殿のそばでは巫女《みこ》たちが砥餅を配っており、参詣客はそちらに列をなしていた。

列の先頭近くに目をやれば、何と幸運にも、赤西平六が母親らしき者といっしょに並んでいる。

「まちがいない、卯三郎どのの鬚を刈った御仁にござる」

串部は嬉々として発し、蔵人介の袖を引く。

「母親の面前のほうが、説きやすいかもしれませぬぞ」

気後れはするものの、串部が言うのも一理ある。

蔵人介は覚悟を決め、列の先頭へ近づいた。

「赤西どの」

声を掛けると、赤西ははっとして顔色を変える。

「平六、どちらさまですか」

毅然とした母の態度は、蔵人介を怯《ひる》ませた。

赤西は仕方なく、低声で応じてみせる。

「母上、こちらは御膳奉行の矢背蔵人介さまであられます」

「まあ、御無礼をいたしました。平六がいつも、たいへんお世話になっておりまする。もしや、矢背さまも天神さまの氏子であられましょうか」

「いいえ」

「されば、梅見にござりますか。見頃は終わってしまいましたが、散りかけの梅も風情がござりましょう」

「たしかに。されど、梅見はついでにござります。じつは、ご子息に折り入って伺いたいことが」

「いったい、どのようなことにござりましょう」

応じかねていると、息子のほうが気を遣ってくれた。

「母上、拙者はちと矢背さまとあちらへまいります」

「あちらとは、どちら」

「撫《な》で牛《うし》の裏手あたりに」

「砥餅はどうなさるのかえ」

困惑する母にたいして、串部がすかさず笑いかけた。

「御母堂《ごぼどう》さま、従者のそれがしがお手伝いいたしましょう。ほれ、ご子息の倍は餅を持てますぞ」

両手をひろげてみせると、母親は仕方なくうなずいた。

「されば、よしなにお願いいたします」

母親と串部を列に残し、赤西は蔵人介を撫で牛の裏手へ誘った。

人の流れがおよばぬところまで進み、単刀直入に切りだす。

「勝重又五郎が死んだのは存じておるな」

「はい」

「無論、辻強盗の仕業ではないし、人違いでもない。何者かの強い意志によって、勝重は殺《あや》められたのだ。おぬしなら、おもいあたる節があろう。勝重又五郎が殺められた理由を教えてほしい」

「何故、わたくしが理由を知っていると」

「身におぼえがないとは言わせぬぞ。杉岡一馬の死と関わりがあるのであろう。おぬしら、杉岡に山葵を食わせておったそうではないか」

「……そ、それは、小山田さまのご指示にござります」

「認めたな。杉岡が死罪になった日、囲炉裏之間で何があった。おぬしら、まさか、杉岡に毒入りの山葵を食わせたのではあるまいな」

「毒入りと知っていたら、あのようなまねはいたしませなんだ」

「知らずに山葵を食わせた。そして、上様のお顔を剃る段になって、杉岡の異変に気づいたと申すのか」

「……は、はい。異変を察したときは、後の祭りにござりました。上様の驚いたお顔が今も目に焼きついております。されど、矢背さまは何故、山葵に毒が仕込んであったと仰るのですか」

「おぬしも存じておろう。杉岡の尋常ならざる様子を目にしたからだ。毒を食わねば、あのような激しい痙攣は起きぬ」

赤西は拳を握りしめ、問いを絞りだした。

「矢背さまは、何故、杉岡の件を調べておられるのですか」

「案ずるな。わしは御目付《おめつけ》の手先ではない。おぬしが杉岡と同じ目に遭っておったとしても、真実を調べようとするはずだ。おぬしらもわしも、上様のおそばでご奉仕せねばならぬお役目を与えられておるからさ。何処かに綻《ほころ》びが生じれば、すべてがおかしくなる。おぬしらへの信頼があるからこそ、わしはお毒味をおこなうことができる。おぬしらも同じはずだ。わしらはな、忠という一字で繋がっておる。連携を乱す者があれば、厳しい態度でのぞまねばなるまい」

赤西は強い眼差しで蔵人介をみつめた。

「小山田さまを、どうなさるおつもりですか」

「事と次第によっては、罰することになるやもしれぬ」

「失礼ながら、小山田さまのほうが、お役もご家禄も上にござります。それでも、矢背さまのご一存で罰することができると仰せですか」

「たとい、相手がご老中であろうと容赦はせぬ」

毅然として発すると、赤西は瞬きもせずに蔵人介をみつめた。

「じつは、噂に聞いたことがござりました。鬼役の鬼は奸臣という邪気を祓《はら》う鬼であると。それがしは秘かに、矢背さまがその鬼ではないかと畏れておりました。どうやら、噂はまことだったらしい」

赤西は目を潤ませ、決心したように唇を結んだ。

「かしこまりました。悲惨な死を遂げた勝重が、それがしに語ってくれた内容をお教えいたしましょう。今となっては遺言にござります。おそらく、その内容をお聞きいただければ、杉岡一馬が死罪となったからくりも解けるはず。なれど、もう一日だけ、気持ちを整える猶予《ゆうよ》をいただけませぬか」

赤西は死を賭《と》してでも、すべてを告白する気になったのだ。

蔵人介は迷ったが、仕舞いには根負けしてうなずいた。

「よかろう」

「かたじけなく存じます。されば、明亥《い》ノ刻、泉岳寺の墓地にお越し願えませぬか」

「ん、何故、泉岳寺なのだ」

「生前、杉岡一馬が申しておりました。幼いころから毎年、お父上といっしょに大石内蔵助の墓前に詣でる習わしなのだと。今年は参詣できなんだゆえ、さぞ、口惜しかろうと。代わりに、詣でてやりたいのです」

赤西は涙目で訴え、頭《こうべ》を垂れる。

一馬の父は墓前で腹を切り、杉岡家は改易となった。

少なくとも、自分がその遠因をつくったのだとおもえば、若い赤西が動揺しないはずはない。家の者に相談することもできず、秘かに悩んでいたのだろう。

蔵人介は身を寄せ、肩を叩いてやる。

拝殿のそばでは、不安げな母親と串部が待っていた。

串部は両手に抱えた砥餅を、自慢げに差しだす。

「赤西どの、練兵館での臑刈り、じつに見事な竹刀さばきにござりましたぞ。ほれ、わしからの祝いでござる」

赤西平六は恥じらうように微笑み、袖をひろげて砥餅を貰う。

あらためて眺めてみれば、横顔にまだ幼さの残る二十歳そこそこの若者なのだ。

殺められた勝重も、同じように若かった。

卯三郎と竹刀を交えた雄姿に偽りはない。

ふたりは小山田に脅され、逆らえなかった。杉岡一馬に申し訳ないとおもいつつも、いじめを繰りかえしていたのではあるまいか。

別れ際、赤西は何か言いたそうな素振りをみせた。

が、母親もそばにいるので何も言いだせなかった。

「くれぐれも気をつけてお戻りなされ」

蔵人介のことばに、母子は深々と頭《こうべ》を垂れる。

一日の猶予を与えたことに、一抹《いちまつ》の不安が残った。

八

翌夕、蔵人介は浜町《はまちょう》河岸へ足を延ばした。

河岸に面した難波町《なんばちょう》の露地裏から、奇妙な売り声が聞こえてくる。

「いたずら者はいないかな、いないかな、いないかな」

鼠取りの薬売りだ。薬とは砒石《ひせき》からつくった「猫いらず」のことで、採掘地に因《ちな》んで「石見銀山《いわみぎんざん》」とも呼ばれている。

蔵人介は顔をしかめ、狭い露地を曲がったさきの袋小路に踏みこんだ。

どんつきの古屋を訪ねるのは、おそらく、一年半ぶりのことであろう。

表戸は開いており、内からは埃臭《ほこりくさ》さと薬種の匂いが濃厚に漂ってくる。

「ごめん、邪魔するぞ」

部屋のなかは薄暗い。片付けた形跡がないので足の踏み場もなく、細長い土間が奥までつづいている。

か細い灯りを頼りに進むと、板の間で人影が動いた。

「薫徳《くんとく》、わしだ。顔をみせよ」

ぬっと差しだされた男の顔は汚れ、白髪を茶筅髷《ちゃせんまげ》に束ねているものの、異様なまでに痩せている。まるで、干涸《ひか》らびた烏賊《いか》の燻製《くんせい》のようだ。

正体は薬師《くすし》である。

毒を見分ける調合師としては、当代一流の人物にまちがいない。

少なくとも、蔵人介はそうおもっている。

「ちゃんと、生きておったか」

「これは鬼役の旦那、お久しぶりで」

薫徳は散らばったがらくたを脇へやり、蔵人介の座る場所をつくった。

「あいかわらず、ひどいありさまだな。これでは、訪ねてくる者もあるまい」

「生来の人嫌いゆえ、かえって都合がよいのでおます。鬼役の旦那だけは別でっせ。何せ、辻強盗から命を救っていただいた大恩人ですさかいに」

遥《はる》かむかしのはなしだ。まだ恩に感じてくれているのなら、ありがたい。

薫徳は乱杭歯《らんぐいば》を剝いて笑った。

「かみはんに逃げられたはなしは、話しましたかいな」

「聞いたような気もするな」

「縹緻《きりよう》は河豚《ふぐ》でも口から毒は吐きまへん。おとなしゅうて、ええ女房やったんだす。つい先日、女房の消息がわかりましたんや」

「ほう」

「諸国漫遊の薬売りが伊勢《いせ》で旅籠《はたご》に泊まりましてな、女房と瓜ふたつの御師《おんし》を見掛けたのでおます。これこそ神仏のお導き、逃げた女房にまちがいあらへん。でも、おのれの目えで確かめてみなあかんとおもいながら、腰が重うて重うて、伊勢どころか品川《しながわ》までも行く気にならへんのですわ」

「未練はあります。東海道《とうかいどう》を上って、生まれ育った大坂の道修町《どしょうまち》へも立ちよりたい。せやけど、中途で行き倒れになるような気がして、旅に出る決断がつきまへんのや」

「あきらめたのか」

薫徳は立ちあがり、茶を淹《い》れようとする。

蔵人介は慌てて断った。

「まちがえて毒を入れられたら、かなわぬからな」

「くふふ、ご冗談を。ところで、本日はどないなご用件で」

「お、そうだ。これが何かわかるか」

蔵人介は袖口から奉書紙《ほうしょがみ》を取りだした。

薫徳は紙を押しいただいて開き、葉の断片を摘みあげる。

くんくん匂いを嗅ぎ、拡大鏡のようなものを当てて睨み、小さくうなずいた。

「毒芹《どくせり》でんな」

「ん、毒芹か」

「まちがいおまへん。彼岸になれば、水のなかから芽を伸ばしまひょ」

薫徳は奥に引っこみ、不恰好な球根をひとつ持ってきた。

「みた目は芹によう似とりますが、根を割ってみると、ずいぶんとちゃいます」

球根に小刀を刺し、縦に割ってみせる。

筍《たけのこ》のように空洞で、節がいくつも見受けられた。

「黄色い汁を滲《にじ》ませておましょう。これがくせものや。この根を山葵とまちごうて擂る阿呆がおましてな、ただし、口にふくんでも鼻につんとはきまへん。そのかわり、口のなかはぴりぴりしよるんですわ」

山葵と聞いて、蔵人介は身を乗りだす。

「ひと摘み食べると、食べた者はどうなる」

「刺身にちょんと付ける程度で、あかんようになります」

「あかんようになるとは」

「手足の震えが止まらんようになり、最悪は息ができんように」

蔵人介は逸《はや》る気持ちを抑え、杉岡一馬の症状を詳しく説いた。

「そら、毒芹の根を喰《くろ》うたにちがいおまへん」

薫徳はあっさり言いはなち、葉の断片をふたたび観察しはじめる。

蔵人介が礼を述べても聞こえぬようで、顔をあげようともしない。

「伊勢詣りなど、夢のまた夢だな」

ひとこと言い残し、蛇道のように狭い土間を戻る。

長居したつもりはなかったが、外はとっぷり暮れていた。

九

その足で箱崎《はこざき》へ向かい、霊岸島《れいがんじま》を斜めに突っ切って京橋《きょうばし》にいたり、東海道をひたすら上っていく。

本芝《ほんしば》のさきからは、暗い海を左手にしながら高輪《たかなわ》の縄手に沿って歩いた。

松並木を揺らす冷たい海風にさらされながら、ふと、卯三郎のことをおもう。

前田家に預けて今日で四日目、水練の過酷さは佳境を迎えていることだろう。

蔵人介も通ってきた道だ。

身を切られるような水の冷たさは、今でも忘れられない。

車町《くるまちよう》を過ぎ、大木戸《おおきど》跡の三つ叉を右手に曲がる。

坂道を上っていくと、泉岳寺の山門がみえた。

山門を潜らず、門前の一膳飯屋に立ちよる。

衝立《ついたて》で遮《さえぎ》った床几の奥に、串部が待っていた。

「殿、さきにやっておりましたぞ」

お調子者の従者は、赤ら顔で空の銚釐《ちろり》を振ってみせる。

ついでに薹《とう》の立った女将《おかみ》を呼びつけ、大根や蒟蒻《こんにゃく》の田楽を持ってこさせた。

「亥ノ刻までは、まだ半刻ほどございます。ささ、一献」

注がれた酒は冷めており、おもわず苦い顔になった。

「大根はよく味が染みておりますぞ」

小腹が空いていたので、大根の欠片《かけら》を口にはこぶ。

甘さの勝った煮汁に浸《つ》かりすぎており、蔵人介の好みからはほど遠い。

「烏賊の燻製のやつ、毒の正体を言いあてましたか」

「ふむ、どうやら、芹らしい」

「えっ、芹ならば、ふつうに食しておりますが」

「毒芹というのがあるそうだ。根を擂れば山葵にみえなくもない。ひと摘みで、人を死にいたらしめることもできるらしい」

「それがわかっていた者の仕業であったと」

「少なくとも、小山田監物は知っていたにちがいない」

「ほかにも誰か、おるのでしょうか」

「そのあたりを、赤西平六が語ってくれるはずだ。約束どおり、墓前に来ればのはなしだがな」

ふたりは煮込みすぎた田楽を食べ、酒は少し控えめにしつつ、約束の刻限を待った。

そして、亥ノ刻を報《しら》せる鐘の音を聞くまえに一膳飯屋をあとにし、人影も見当たらない山門を潜った。

空には月がある。

先日の喧噪とは打って変わり、境内は閑寂《かんじゃく》としていた。

手にした小田原《おだわら》提灯の火が、風もないのに消えかける。

義士たちの墓石が並ぶ裏手に踏みこむと、串部がぶるっと身を震わせた。

「くそっ、こんなところに呼びつけおって」

幽霊が苦手な串部は、しきりに文句を吐く。

蔵人介はさきほどから、胸騒ぎを感じていた。

墓石をたどっていくと、血の臭いが漂ってくる。

「串部、提灯を」

「へっ」

大石内蔵助の墓前に、黒い影が蹲《うずくま》っていた。

灯りを向けると、誰かが俯せに倒れている。

「赤西だ」

急いでたどりついてみると、背中に矢が深々と刺さっていた。

矢羽根は高価な熊鷹の尾羽根でつくった代物だ。

串部が身を寄せ、赤西を抱きおこす。

「まだ暖こうござる。おい、しっかりせい」

肩を揺さぶると、赤西の瞼がわずかにひらいた。

つぎの瞬間、ぶはっと血を吐き、木偶《でく》人形のようになる。

「こときれ申した」

串部が残念そうに吐きすてた。

「母御の嘆きようが目に浮かびまする」

「しっ」

蔵人介は唇に人差し指を当てた。

賊はまだ墓地に潜んでいるのだ。

――ぶん。

弦音《つるおと》とともに、真横から矢が飛んできた。

蔵人介の頬を掠《かす》め、墓石に当たって跳ね返る。

「ぬおっ」

串部が脱兎のごとく駆けだした。

二ノ矢は飛ばず、半丁ほど離れたさきを人影が横切った。

「待てこら、待たぬか」

遠すぎる。串部は追いつけまい。

若いふたりの小姓は口封じされたのだ。

杉岡一馬に毒入りの山葵を食わせたのは、小山田監物の仕組んだ悪戯《いたずら》ではなかった。

何者かが明確な意図を持って毒を仕込ませたのだとすれば、やはり、杉岡家の改《かい》易《えき》こそが目途だったと考えられなくもない。

蔵人介は頬を掠めた矢を拾いあげた。

やはり、矢羽根は熊鷹の石打《いしうち》と呼ぶ尾羽根でつくられている。

白と黒の縞《しま》が交互に三本ずつ並び、月明かりを吸って艶《つや》めいていた。

何処かでみたことがあるものの、思い出せない。

蔵人介は表情も変えず、矢をまっぷたつに折った。

十

二日後、十三日。

表向と中奥を分かつ土圭之間外の廊下に立ち、ひとりの重臣が杉戸の貼り紙をじっと睨んでいた。

「これより内は口奥、御用なき輩いっさい出入りすべからざるものなり……その貼り紙が、どうかなされましたか」

蔵人介が声を掛けると、重臣は驚いたように振りむく。

御小納戸頭取、澤居采女であった。

「誰かとおもえば、矢背蔵人介か」

「お聞きしましたぞ。御筆頭へのご昇進が決まられたとか。おめでとうございまする」

「ふん、めでたくもないわ」

「ほほう、何故に。誰もが羨むほどのご出世にござりましょう。もしや、良心の呵《か》責《しゃく》でもおありか」

「何じゃと」

怒りあげた澤居の眼前に、ふわりと何かが舞った。

蔵人介が素早く手を伸ばし、指で摘んでみせる。

摘んだのは、矢羽根の一部であった。

「羽織の背についておりましたぞ。澤居さまなら、おわかりでしょう。これは熊鷹の尾羽根にござります。正月十一日、吹上《ふきあげ》の馬場にて弓始めの催しがござりましたな。若い小姓たちに混じって、澤居さまも騎射に挑まれた。見事、大的を射抜かれましたな。さすが、日置《へき》流の名手よと、上様もお褒めになっておいででした」

「おぬし、何が言いたい」

「思いだしたのでござります。あのとき使っておられた矢羽根が、熊鷹の尾羽根であったことを」

顔色を変える澤居にたいし、蔵人介はたたみかけた。

「澤居さまなら、小姓ふたりを射抜くこともできたはず」

「わからぬ。おぬし、何が言いたい」

「観念なされよ。勝重又五郎と赤西平六を亡き者にせしめましたな」

澤居は眸子を剝いた。

「黙れ。憶測でものを言うと、痛い目をみるぞ」

「いいえ、言わせてもらいましょう。澤居さまは若いふたりが動揺しているのを察し、みずからの手で葬ることに決めた」

「いったい、何のために」

「口封じにござる」

杉岡一馬が公方家慶の顔剃りに失敗《しくじ》る直前、囲炉裏之間には小姓三名のほかに、もうひとり誰かがいた。

「貴殿にござるよ。それを知られたくなかったがために、ふたりを射殺《いころ》したのでござろう」

赤西平六はおそらく、死ぬ覚悟で泉岳寺にやってきた。自分たちが杉岡一馬にやったことは万死《ばんし》に値すると、あらためて肝に銘じたのにちがいない。朋輩の勝重も同じ気持ちでおり、ふたりは死を賭して真実を訴えようと相談していたのだ。が、赤西はそのことを蔵人介に伝えられずに死んだ。

「杉岡一馬の異変を目の当《ま》たりにするまで、赤西も勝重も山葵に毒がはいっていることを知らなかった。貴殿と小姓頭取の小山田監物だけが知っていたことだ」

澤居は口から泡を飛ばす。

「山葵に毒がはいっていたなどと、何処にその証拠がある」

「囲炉裏之間で毒芹の葉をみつけました。御膳所にあやまって持ちこまれた毒芹を処分するのに、澤居さまが差配なさったとの証言もござる。そのとき、包丁方のひとりが毒芹を山葵とまちがえて食べたうっかり者のはなしをしたそうですな」

これは使えると察した澤居は、あの日、囲炉裏之間へ播った毒芹を持ちこんだ。

「されど、今ひとつわからぬのは、何故、貴殿がそのような禍々《まがまが》しいことをしたのか。その理由《わけ》でござる。何せ、貴殿と杉岡家はこれといった関わりがない。となれば、どなたかの指図としか考えられぬ。指図を下した者の名を、お教え願えませぬか」

「ふん」

澤居はひらきなおったように、鼻を鳴らしてみせた。

「鬼役づれが知ってどうする。幕政の高みにあるお方に引導《いんどう》でも渡す気か」

「必要とあらば」

「戯《ざ》れ言《ごと》を抜かすな」

「前途ある小姓たちの命を奪い、良心が痛みませぬか」

「いっこうに痛まぬわ。出世はきれいごとではない。下からのしあがるためには、手を汚さねばならぬときもある」

蔵人介は眸子を吊りあげ、鬼のような表情になった。

「何を抜かす。私利私欲のために他人の命を奪ってよい道理があるか」

「吼《ほ》えるな。ふん、長広舌《ちょうこうぜつ》を聞かせおって。おぬし、誰の命で動いておる。御目付か」

「いいえ、それがしの一存でござる」

「されば、今からおぬしは針の筵《むしろ》に座らされることになろう。気をつけて夜道を帰るがよい」

「一昨夜のように、矢で狙いますか。それとも、小山田に刺客をやらせますか」

「黙れ」

「いいえ、黙りませぬ。今一度お尋ねしましょう。貴殿に指図した者の名は」

「知りたければ、わしを斬ってから存分に調べるがよい」

「承知しました。ごめん」

蔵人介は一歩踏みだし、右手でどんと相手の左胸を突く。

「うっ」

澤居は眸子を瞠ったきり、ぴくりとも動かなくなった。

端からみれば、ふたりで内緒話を交わしているようにもみえよう。

だが、蔵人介の右手には千枚通しが握られており、鋭い先端は心ノ臓を一瞬で串刺しにしていた。

身を離しても、澤居は杉戸にもたれて佇《たたず》んでいる。

後ろの貼り紙が血に濡れても、誰かに刺されたと勘づく者はおるまい。

たとい、奥医師が勘づいたとしても、城内での変死は病死に切りかえられるはずだった。

すでに、蔵人介の身は笹之間にある。

「矢背どの、夕餉の膳に鯔《ぼら》のつくねが供されるそうですぞ」

醜く肥えた相番の桜木兵庫が声を掛けてきた。

「甘辛いとろみ醤油が掛かっておるとか」

出世もできぬ鯔侍が、口をぱくぱくさせている。

蔵人介は何事もなかったように席に着き、懐中から自前の杉箸を取りだした。

十一

翌晩、蔵人介は串部と下谷《したや》竜泉寺町《りゅうせんじまち》の飛不動《とびふどう》へ詣った。

病魔や災難を除く「厄飛ばしのお不動さま」として親しまれ、長旅の安全祈願をおこなう人々も大勢訪れる。伊勢詣でに行きたい薫徳のためにお守りを求めると、無駄なことはせぬほうがよいと、串部にたしなめられた。

夜空には丸みを帯びた月がある。

月を背にした人影がひとつ、参道を足早にたどってきた。

公人朝夕人、土田伝右衛門である。

「遅いぞ、伝右衛門」

文句を吐く串部を無視し、伝右衛門は蔵人介に面と向かった。

「矢背さまが描かれた筋にまちがいござらぬ」

「すると、黒幕は」

「御側衆の伴野若狭守にござります」

御新番頭格奥勤であった杉岡日向守の御側衆昇進について、最後まで頑強に異を唱えていたという。

「両家は駿河台にお屋敷を隣同士で構えておりました。ところが、身分の低い杉岡家のほうが数坪敷地が広く、軒も数寸だけ高かった。伴野さまはそのことを根に持ち、しかるべき筋にお屋敷替えの申請をお出しになっておられたとか」

「五千石もの役料を頂戴している重臣が、そんなつまらぬことで隣家の改易を画策したと申すのか」

「ほかに、これといった理由は見当たりませぬ。いずれにしろ、伴野さまの指示で御小納戸頭取の澤居と御小姓頭取の小山田が怪しい動きをしていたのは事実にござります」

伝右衛門によれば、澤居の昇進は伴野の口利きで決まったはなしだという。

「じつは、小山田も御小十人頭への昇進を内示されたようで」

「小十人頭と申せば一千石取り、御小姓頭取の倍ではないか」

「やはり、伴野さまの口利きにござります。もっとも、御役に就けるかどうかの保証はござりませぬが」

伝右衛門は、切れ長の眸子をきらりと光らせる。

蔵人介は、あらためて問うた。

「橘さまは、何と仰せに」

「密殺せよとの御命にござる」

ごくっと、串部が唾を呑んだ。

「的のふたりは、この近くにおるのだろうな」

「それゆえ、お呼びたてしたのでござります」

「何処におる」

「『駐春亭《ちゆうしゆん》』をご存じで」

「風呂付きの懐石料理屋か。ふん、いいご身分だぜ」

と、串部が口を挟む。

伝右衛門が声を漏らさずに笑った。

「鷺《さぎ》鍋でも突っつきながら、謀事の密談をしておるところかも」

「腹を満たしたあとは湯に浸かり、芸者としっぽり濡れる算段か。仲間がひとり消えたというのに、悠長なはなしだな」

蔵人介は串部の愚痴を聞きながし、のっそりと歩きだす。

腰には異様に柄の長い長柄刀《ながつかとう》を差していた。

黒蠟《くろろ》塗りの鞘《さや》には、鍔元《つばもと》で反りかえった猪首《いくび》の来国次《らいくにつぐ》が納まっている。

梨子地《なしじ》に艶《つや》めいた丁字《ちょうじ》の刃文《はもん》、茎《なかご》を切って二尺五寸に磨《す》りあげた刀だ。得手とするのは田宮《たみや》流の抜刀術、抜いた瞬間に相手の首は飛んでいる。蔵人介にとって、刀は的を確実に葬るための道具でしかない。それを証拠に、長柄の内には八寸の仕込み刃が隠されていた。

「いかに矢背さまとて、こたびは容易ではありませぬぞ」

伝右衛門に言われるまでもない。小山田監物は神道無念流の練達だ。練兵館の「十人抜き」で卯三郎は運良く勝ちを拾ったが、実力ではまだ劣っていると斎藤弥九郎も認めていた。小山田に勝つためには、斎藤直伝の突きと上段の面斬りに対処できねばなるまい。

「小山田だけではありませぬぞ。伴野さまも一時は幕臣屈指と評された剣客にござります」

蔵人介も耳にしたことがある。

「八風《はちかぜ》吹けども動ぜず。大小二刀を自在に操る二天一流《にてんいちりゅう》を修めたとか」

「還暦の身とは申せ、あの堂々たる体軀から推《お》せば、鍛錬を怠っておらぬことは想像に難《かた》くない。侮《あなど》ることのできぬふたりにござります」

「大仰《おおぎょう》なことを抜かしておきながら、どうせ、おぬしは行かぬのであろう」

串部の漏らす皮肉にも、伝右衛門は動じない。

「はたして、串部どのの出番があるかどうか。ともあれ、おふたりのご武運を祈っております」

「ふん、高みの見物としゃれこむわけか」

蟹のような体軀の従者は、腰の同田貫《どうたぬき》を撫でてみせる。

蔵人介は袖を靡《なび》かせ、参道をゆっくりたどりはじめた。

串部がその背につづき、月光がふたりを照らしだす。

すでに、公人朝夕人の気配は消えていた。

——ごおん。

遠くに聞こえる鐘の音は、上野《うえの》山のものか、それとも浅草寺《せんそうじ》のものか。

ふたつの鐘が響きあい、夜の静寂を際立たせる。

飛不動の門前から右手に向かえば吉原《よしわら》は近い。

すぐそばには、遊女の投込寺として知られる浄閑寺《じょうかんじ》や大音寺《だいおんじ》があった。

山谷堀《さんやぼり》を越えた向こうの闇には、罪人を処刑する小塚原《こづかっぱら》が広がっている。

刑死人は取り捨てにするのが定めゆえ、屍骸を掘りおこす山狗《やまいぬ》どもが彷徨《うろつ》いていた。

――うおおん。

山狗の遠吠えが鐘の音に重なり、ふたりを彼岸の手前まで導いていく。

そろりと、悪党どもに引導を渡す頃合いだ。

蔵人介は門前通りを外れ、料理屋の裏手へとつづく凍《い》てついた畑の畝《うね》を踏みつけた。

十二

裏木戸を開けて庭に忍びこみ、織部灯籠《おりべとうろう》の陰から奥座敷の様子を窺った。

すでに宴は終わったようで、主役たちはいない。

長い廊下をたどったさきにある岩風呂へ向かったのだろう。

地の者によれば、この界隈から出る湧き湯はからだの節々の痛みに効き、竜泉という地名に嘘はないという。湧き湯に目をつけた主人が泊まって湯治もできる料理屋を開いたところ、人気を博すようになったらしい。ただし、値が張るので、おいそれと敷居をまたぐことはできない。下谷竜泉寺町の『駐春亭』と言えば、金満家が妾《めかけ》を連れて手軽に楽しむところと考えられていた。

「いい気なもんだ」

串部はしきりに毒づいている。

奉公人たちが居なくなったのを確かめ、ふたりは廊下に上がった。

跫音《あしおと》を忍ばせて奥へ向かうと土間があり、簀《す》の子が敷かれた脱衣場に目をやると、刀掛けに大小が置いてある。

串部は素早く身を寄せ、大刀を拾いあげた。

無骨《ぶこつ》な薩摩《さつま》拵《ごしら》えの鞘から本身《ほんみ》を抜けば、身幅《みはば》の広い業物《わざもの》が鈍い光を放つ。

茎《なかご》の銘を確かめたい衝動に駆られたが、串部に命じて納刀させた。

どうやら、風呂にいるのはひとりらしい。

少し迷ったが、ふたりは土間に下りた。

外に出ると、一面が湯煙に覆われている。

露天の岩風呂は広く、瓢簞《ひょうたん》のかたちをしているようだった。

縁に大小の熔岩が配されており、丸太で屋根が仮設されている。

手前の大岩に遮られ、背伸びをしても湯船はみえない。

「うふふ、うふふ」

岩陰から艶めいた笑い声が聞こえてきた。

悪党のどちらかが、枕芸者と乳繰《ちちく》り合っているのだ。

蔵人介はうなずき、串部に湯煙のなかへ踏みこませた。

「ひゃっ」

枕芸者の悲鳴につづいて、男の唸り声がした。

「何やつだ」

声の主は小山田監物にまちがいない。

ざばっと湯からあがるや、襲いかかろうとする。

「ふん」

串部は抜いた。

挨拶替わりに、臑斬りを浴びせたのだ。

「ぬわっ」

つぎの瞬間、夥《おびただ》しい飛沫が飛んだ。

臑斬りを避けた小山田が、湯のなかへ落ちたらしい。

枕芸者は必死に湯を掻きわけ、奥のほうへ逃れていく。

蔵人介が湯煙の狭間から顔を出した。

「串部、臑はまだ、ついておろうな」

「ご案じめさるな。脅しつけたにすぎませぬ」

「されば、刀を渡してやれ」

「よろしいので」

「丸腰の者を斬るつもりはない」

ふたりの交わす会話に、湯船の小山田は首を捻《ひね》る。

「妙な刺客だな。わしに刀を渡したら、後悔するぞ」

「ふっ、後悔させてみよ」

串部は無造作《むぞうさ》に刀を放った。

これを伸びあがって取り、小山田は湯船の縁から上がってくる。

丸裸で蔵人介に対峙すると、本身を抜いて鞘を捨てた。

「おぬし、鬼役ではないか」

「さよう」

「驚いた。刺客のことは薄々勘づいておったが、まさか、おぬしであったとは。澤居さまを亡き者にしたのも、おぬしか」

「死にゆく者に教えたところで詮無いはなし」

「ふふ、たいした自信だな。幕臣随一と評されるおぬしを斬れば、武名もあがろうというもの。わしにとっては、好機かもしれぬ」

「ぬへへ、勝つ気でおるのか」

と、串部は嘲笑《あざわら》った。

「どうあがいても、おぬしは勝てぬぞ。卯三郎どのにも負けた程度の腕前だからな」

「板の間の勝負など、所詮は茶番にすぎぬ。真剣勝負は別物よ。そのことを、卯三郎にも教えてやろう。おぬしらをあの世へおくってからな」

小山田は刀を平青眼に構え、じりっと爪先を寄せた。

蔵人介は刀を抜かず、巌《いわお》の身でどっしり構えている。

「立居合《たちいあい》か」

平青眼から突きこむ技は「飛鳥」と呼び、斎藤弥九郎の必殺技でもある。

ただし、相手に一撃を躱された瞬間、胴に隙ができる弱点を持っていた。

弱点を補うには、鋭い踏みこみから初太刀で相手を仕留めねばならない。

できると、小山田は過信していた。

「ずりゃ……っ」

掛け声ともども、相打ち覚悟で突いてくる。

伸びあがってくる剣尖を、蔵人介はすっと除けた。
神道無念流の口伝にある「横三寸」の動きだ。
と同時に、脇胴を抜くとみせかけ、跳躍する。
「うおっ」
振りあげた小山田の目に、丁子の刃文が飛びこんだ。
ずんと、首が肩にめりこむ。
――ぶしゅっ。
ぱっくり割れた脳天から血が噴きだしても、小山田は驚いた顔をしている。
「……は、捷《はや》い」
ひとこと漏らし、大の字に倒れていった。
蔵人介はひらりと舞いおり、見事な手さばきで納刀する。
跳躍しながらの弓を放つような片手斬りは「円月」という。
まさしく、卯三郎が勝重又五郎に使った秘技であった。
「俊敏神のごとし」
串部は真顔でつぶやき、その場からさっと居なくなる。
つぎの獲物は、もう少し歯ごたえがあるにちがいない。

蔵人介は湯煙を掻きわけ、彼岸の闇に踏みこんだ。

十三

奥の寝所からは、襖越しでも殺気が伝わってくる。

蔵人介が少し離れて合図を送ると、串部は廊下に片膝をついた。

つぎの瞬間、えいとばかりに伸びあがり、頭から突進する。

突き破った襖の向こうに、伴野若狭守は静かに座っていた。

串部は畳に転がり、蔵人介も勇んで踏みこむ。

「待て」

伴野は豁然《かつぜん》と眸子を開き、重々しく発してみせた。

とても還暦にはみえない。

ひ弱な外見の御側衆にあって、唯一、古武士の片鱗を窺わせる人物だ。

弁舌鮮やかで非の打ち所もないため、公方家慶からも信頼されている。

堂々とした見掛けとはうらはらに、我欲にまみれた悪党であることを知る者は幕閣にもおるまい。

「鬼役か。名はたしか、矢背蔵人介であったな」

「いかにも、さようにござる」

「御小姓組番頭の橘右近が刺客を飼っておるという噂を聞いた。まさか、上様のお毒味役が刺客であったとはな、橘も食えぬ男じゃわい。それで、わしを斬る理由は何じゃ」

「ご自身の胸にお聞きなさるがよい」

「杉岡日向守のことか。鬱陶《うっとう》しい隣人であったが、それだけであやつを葬ったわけではないぞ。日向守は喩えてみれば、何色にも染まらぬ布じゃ。清廉すぎる輩は御側衆に向いておらぬ。日向守が上様のおそばで仕えるようになったら、包み隠すべき秘密は表向の連中へ筒抜けになってしまう。わしはな、上様のためにも日向守の昇進を阻まねばならなかった。さまざまに画策したが、水野越前がうるそうてな。越前は老中首座になってから、八方に牙を剝きはじめた。中奥を牛耳《ぎゅうじ》るべく、手始めに日向守の清廉さを利用して、御側衆の力を殺《そ》ぎにかかる魂胆だったのよ。ふん、おぬしのごとき雑魚《ざこ》にはわかるまいがな、越前ごときのいいようにはさせぬ。どのような手を使ってでも、わしの意に沿わぬ配置換えは阻んでみせようぞ」

伴野は朗々と存念を語り、胸を反りかえらせる。

「おはなしは、それだけでござるか」

「何じゃと」

「地獄の鬼が首を長うしております」

「ぬはは、鬼役づれに討てようかの。わしは二天一流の手練ぞ」

伴野はさっと片膝立ちになり、腰の大小を同時に抜いてみせた。

「お覚悟」

すかさず、串部が斬りかかる。

刹那、片手持ちの水平斬りが伸びた。

――ばすっ。

串部の胸が斜めに裂かれる。

「あっ」

壁際に転がった従者は、にっと白い歯をみせた。

「殿、浅傷《あさで》にござる」

予想以上に手強《てごわ》い相手だ。

手の内を引きだした串部に感謝せねばなるまい。

「鬼役め、つぎはおぬしじゃ」

伴野は立ちあがり、左手の脇差で突いてくる。
「ふん」
蔵人介は抜き際の一刀で、これを弾いた。
――きぃん。
火花が散り、こんどは左から反りの深い刀が襲ってくる。
不動尊の構えで受けるや、脇差が右の脇腹を剔《えぐ》ってきた。
「ふん」
反転しながら躱し、袖振りの一刀で相手の素首《そっくび》を狙う。
伴野は深く沈み、両刀で挟むように臑を刈ってきた。
「はっ」
蔵人介は跳躍する。
天井は低い。
振りあげた来国次の切っ先が、ずんと天井に刺さった。
仕方なく柄から手を放し、畳に下りたつ。
脇差を抜くや、弾きとばされた。
丸腰になる。

「たわけめ」

にやっと、伴野が笑った。

刹那、天井からぶらさがった来国次の柄が震えた。

目釘が飛び、八寸の抜き身が落ちてくる。

素早く手に取り、仕込み刃を一閃させた。

「何っ」

吐きすてた伴野の額に亀裂が走った。

偶然ではない。

最初から狙っていたのだ。

伴野は畳に額を叩きつけ、みずから流した血の池に泳ぐ。

「ふう、やりましたな」

傷を負った串部に肩を貸し、血腥《ちなまぐさ》い部屋から出る。

奉公人たちが、廊下の隅に身を潜めていた。

恐々と顔を出す手代に向かって、串部が前歯を剝く。

「ひっ」

手代は首を引っこめ、奉公人たちは消えた。

蔵人介と串部は庭に下り、裏木戸から外へ逃れる。

にわかに湧きあがった群雲が、運良く月を隠してくれた。

流れる雲のかたちが、何故か、瓢簞池にみえる。

そう言えば、卯三郎の水練は明日が期限であった。

加賀藩邸を訪ねてみねばなるまいと、蔵人介はおもった。

十四

——ごろっ。

遠くで雷が鳴っている。

「春雷か」

それは雪起こしの雷でもあったようで、空は分厚い黒雲に覆われていた。

雪涅槃《ねはん》とも言われ、釈迦が入滅《にゆうめつ》した涅槃会《ねはんえ》にはかならず雪が降るという。

「どうせ、降っても半日で溶ける牡丹《ぼたん》雪にござりましょう」

串部は刀傷を晒布《さらし》で縛りつけ、いっこうに痛まぬと強がってみせる。

そのくせ、痛みを紛らわすためか、宿場の一膳飯屋に立ちよって酒をがぶがぶ喉に流しこんだ。

正午を過ぎたころ、蔵人介は板橋中宿にやってきた。

加賀藩邸を訪ねるのが、楽しみでもあり、恐くもある。

これは遊びではない。

水練の壁を越えねば、卯三郎を矢背家の養子に迎えることはできぬ。

一膳飯屋から出ると、拳大の雪がちらついていた。

花を咲かせた椿の枝に止まり、雀の子たちが遊んでいる。

――ちゅんちゅん、ちゅんちゅん。

雀の鳴き声に送られて下屋敷を訪ねると、七日前と同じ門番が愛想よく取りついでくれた。

玄関口には若い用人が立っており、蔵人介と串部を庭へと導いていく。

「何やら、心ノ臓が苦しゅうなってまいりました」

串部は柄にもなく、緊張している。

蔵人介も平常心ではいられなかった。

志乃からは「泣き言を吐くようなら、家に入れぬと伝えよ」と言われてきた。

そのことばが嘘でないことを、蔵人介は誰よりもわかっている。

牡丹雪はまだらに降り、庭全体を薄い衣で覆っていった。
池の水面はみえない。
ひょっとしたら、凍りついているのかもしれなかった。
太鼓橋のうえから、留守居役の津幡内記が手を振ってくる。
急いで近づくと、旗奉行の押水金吾が甲冑姿で待機していた。
重そうに持ちあげた顔をみれば、気のせいか、眸子を潤ませている。
卯三郎は失敗《しくじ》ったのであろうか。
不安が胸に過ぎった。
「ささ、こちらへ」
押水に導かれ、太鼓橋を進んだ。
「矢背どの、お待ちしておりましたぞ」
津幡が皺顔をくしゃくしゃにして笑い、池のほうを指さしてみせる。
目を向けた途端、蔵人介は唾を呑んだ。
「あっ、若殿が……う、浮かんでいる」
串部が後ろで声を上擦《うわず》らせる。
卯三郎は紅蓮《ぐれん》の甲冑を身に纏ったまま、立ち泳ぎで水面に浮かんでいた。

浮かんでいるだけではなく、加賀前田家の幟を左右に雄々しく振ってみせる。

「見事でござろう。卯三郎どのは立派にやり遂げられたぞ」

津幡に促され、押水が涙ぐみながら説いた。

「七日のあいだ、寒空のもとで弱音ひとつ吐かず、朝から晩まで水練をつづけてまいりました。そして、あのように、見事な旗振りを披露できるまでになられたのでございます」

津幡も感激しながら、洟水を啜りあげる。

「矢背どの、褒めておあげなされ。卯三郎どのはようやった」

「かたじけなく存じまする。おふたりには、何とお礼を申しあげたらよいことか」

頭を垂れると、屋敷のほうから華やかな一行がやってきた。

「おっ、御台様《みだい》じゃ」

あらかじめ承知していたのか、津幡は慌てる様子もなく出迎えにいく。

蔵人介たちも、老臣の背につづいた。

津幡の言う「御台様」とは、今から十三年前、藩主前田斉泰《なりやす》公のもとに嫁いだ溶《よう》姫のことである。大御所家斉と側室お美代《みよ》の方のあいだに生まれた娘にほかならない。前田家は溶姫の輿入れにあたって、本郷《ほんごう》の上屋敷に赤門を新築し、徳川宗家に恭順の意をしめした。

その溶姫が十ほどの子を連れてやってくる。

「矢背どの、若君もごいっしょにござる。たまさか、御下屋敷に遊山《ゆさん》においででな、面白い趣向があると、誰かが耳打ち申しあげたのであろう」

若衆髷《わかしゅ》も凜々《りり》しい若君は犬千代《いぬちよ》の幼名で親しまれてきたが、一昨年、利住《としずみ》と名を変えた。祖母にあたる欲深いお美代の方の画策によって、今も世継ぎ候補にあがるほどの若君である。

番士たちが蛇の目の大傘を母子に差しかける様子は、吉原の花魁《おいらん》道中にも似ていた。

津幡と押水が雪で湿った土のうえに跪いたので、蔵人介と串部も同じように背後へ控えた。

一行は橋のそばまで来ると足を止め、まずは溶姫が唄うようにはなしかけてくる。

「津幡、若君とわらわに披露するものとは何ぞや」

「恐れながら、御旗奉行の晴れ姿をご覧にいれたく存じまする」

「ほう、御旗奉行のう」

「どうぞ、こちらへ」

津幡はさきに立ち、母子を太鼓橋のうえに連れていく。

「何と、池におるのかえ」

「寒中水練にござります」

水面には甲冑姿の卯三郎が浮かんでおり、ばっさばっさと幟を振ってみせる。

「心身の鍛錬なくば、あれだけの旗振りはできませぬ」

「ふむ、見事なものじゃな」

溶姫が感心する隣で、若君は目を輝かせる。

「あの者に褒美を取らせよ」

と、主君である父の口調をまねて、生意気な台詞《せりふ》を吐いた。

一同が笑いに包まれるなか、津幡が振りむいて蔵人介を紹介する。

「こちらは公方さまのお毒味役、矢背蔵人介どのにござります。あちらに浮かぶ旗持ちは矢背どののご子息になる御仁にほかなりませぬ」

溶姫が小首を捻った。

「前田家の者ではないのか。されば、何故、寒中水練にいそしむのじゃ」

「御台様もご存じのとおり、わが藩の奥向に仕えるお女中たちはみな、薙刀を取らせれば一騎当千の強者《つわもの》に早変わりいたします」

「ああ、存じておる。おなごたちが縹緻だけでなく、心身ともに優れておることがわが藩の自慢じゃ」

「その礎《いしずえ》を築いてくださったのが、矢背どののご養母なのでござります」

「若君の乳母に聞いたことがある。それは、志乃さまと申すお方のことであろう」

「いかにも、さようにござります。矢背家は禁裏とも繋がる由緒あるお家柄、養子となって継ぐ者には厳しい試練を課さねばなりませぬ。それゆえ、志乃さまは当家の水練を試練のひとつにくわえられたのでござります」

「さようか。なれば、いっそう、あの者を褒めてやらねばなりませぬな」

津幡は襟を正すや、その場に平伏してみせた。

「御台様、ようくお聞きくだされ。たとい、二百石の家督を継ぐ者であっても、あのように厳しい試練を潜りぬけねばならぬのです。おそらく、まことの侍とはそうしたものにござりましょう。過酷な試練を乗りこえることで、物事に動じぬ強靭な精神が培われるのでござります」

溶姫の顔つきが変わった。

「津幡、わたくしに意見する気か。もしや、若君に水練を課そうとしておるのではなかろうの」

「すぐにとは申しませぬ。ただし、いずれはそうした機会も訪れようかと」

溶姫は黙りこみ、周囲に気まずい空気が流れる。

突如、若君が弾んだ声を張りあげた。

「母上、やりとうござる。水練をやりとうござる」

「ん、さようですか。若君はお強くなりたいのですね」

「そうです。母上、それがしは爺《じい》が申すように、強い侍になりとうござる」

「よく仰いました。母は嬉しゅうてなりませぬぞ」

誰からともなく、安堵の溜息が漏れる。

やがて、母子の一行は屋敷へ戻っていった。

「やれやれ、若君のひとことに救われたわい」

苦笑する津幡に向かって、蔵人介は深く頭を垂れた。

「御留守居さま、我《わ》が儘《まま》を聞いていただいたうえに、申し訳ないことをさせてしまいました」

「何を仰る。謝らねばならぬのは、こちらのほうじゃ。御台様は日頃から、若君を甘やかしすぎておる。それゆえ、卯三郎どのの手柄を借りて、御台様に諫言《かんげん》しようとおもったのじゃ。百万石の大所帯を守ることは、けっして楽ではない。この皺首を飛ばされようとも、諫言をつづけていくつもりじゃ」

骨のある侍はここにもいる。

蔵人介は胸の裡《うち》で手を合わせた。

卯三郎は池から上がり、指南役の押水に橋向こうに連れていかれた。

蔵人介と串部も、池畔を巡ってそちらへ向かう。

いつのまにか雪は降りやみ、雲の狭間から一条《ひとすじ》の光が射しこんできた。

池畔の一角には焚《た》き火が築かれており、具足を脱いだ卯三郎は褌《ふんどし》一丁の恰好で火に当たっていた。

水辺をみれば、芹が萌えている。

蔵人介は手を伸ばし、何本か摘んだ。

卯三郎が目敏くみつけ、不思議そうに尋ねてくる。

「義父上《ちちうえ》、その芹をどうなさるのです」

「決まっておろう。油で揚げて食うのさ」

試練を乗りこえた卯三郎が、一段と逞《たくま》しくみえた。

だが、蔵人介は心を鬼にして告げねばならない。

「おぬしには、つぎの試練がある」

「えっ、まことでございますか」

「ああ。水練のつぎは、遠足《とおあし》だ」

「遠足」

卯三郎は惚けたように、魔のような二文字をつぶやく。

およそ十里の距離を、かぎられた刻限以内に走りきる。

それが遠足であった。

「二、三日は、ゆっくり休むがよい」

蔵人介は声を掛けながらも、みずからのことばが何の慰めにもならぬことを知っている。

まさしく今日は仏滅、のどかな雀の鳴き声も耳にはいってこない。

燃えあがる焚き火の炎が、三道楽煩悩《さんどらぼんのう》を焼きつくす地獄の業火《ごうか》にみえた。

商館長《カピタン》の従者

一

彼岸も過ぎて室町《むろまち》の十軒店《じっけんだな》に雛市が立ったころ、長崎《ながさき》からカピタンの一行がやってきた。

カピタンの名はエドゥアルド・フランディソン、徳川幕府が欧米列国のなかで唯一門戸を開けている蘭国《らんごく》の代表にほかならない。平常は長崎出島《でじま》の商館で暮らし、四年か五年に一度、将軍のもとへ参府する。参府の慣習は第三代将軍家光《いえみつ》の御代からはじまったもので、フランディソンは商館が平戸《ひらど》に置かれていた時期もふくめると、百六十二人目にあたる商館長《カピタン》だった。

一行の人数は百名におよび、そのほとんどは調度品や嗜好品《しこう》などの進物《しんもつ》を運ぶ荷役夫である。大坂経由で東海道を下り、ひと月近くもかけて江戸へやってくる。煌《きら》びやかな隊列は大名行列にも劣らぬもので、カピタン来たるの一報は読売などでもいち早く人々に伝えられた。

江戸での定宿《じょうやど》は日本橋石町《こくちょう》三丁目の長崎屋と定められ、カピタンたちは半月からひと月のあいだは軟禁に近い状態におかれる。と言っても、蘭癖《らんへき》大名の家臣や蘭学者や商人など、訪問者は引きも切らずにあった。

もちろん、最大の目途は江戸城参府と将軍家慶への拝礼である。

蔵人介ら中奥の役人たちも今日がその日であることを知っており、城内は朝から何やら落ちつきがない。

お城坊主たちは「カピタンが百人御番所へやってきたぞ」とか「赤鼻の大男が厠で用を足しておる」とか「番方の同心が白焼きの阿蘭陀《オランダ》煙管《キセル》を貰《もろ》うたらしい」などと囁きあい、役人たちはカピタン一行の一挙手一投足を聞きのがすまいと耳をそばだてている。

フランディソンの案内役は在府長崎奉行の戸川播磨守安清《とがわはりまのかみやすずみ》、家禄五百石にすぎぬ旗本だが、二ノ丸に起居する嗣子家祥《いえさち》の書の師範も務める人格者であった。

裃を着けた戸川は朝早くに長崎屋へおもむき、カピタン一行をしたがえて城へやってきた。通例どおりに大手御門を潜って下乗橋《げじょう》、大手三ノ御門、中ノ御門、中《ちゅう》雀《じゃく》御門と通って表向の玄関に達するのだが、中ノ御門を通ったさきにある百人御番所でしばし休憩する。このとき、御番頭なども挨拶を済ませ、案内の同心たちは幸運ならば舶来の煙管を貰うことができた。

さらに、フランディソンたちが小用を済ませると、ここからさきは宗門《しゅうもん》奉行を兼ねる大目付《おおめつけ》が案内役にくわわり、長崎奉行ともども登城する。

蘭国人はカピタンのほかに書記と医師がしたがい、長崎から同道した日本人の通《つう》詞《じ》たちと長崎屋の主人が付きそう。通詞のとりまとめ役である大通詞は中山作蔵《なかやまさくぞう》、補佐役の小通詞は植村七之助《うえむらしちのすけ》であった。

将軍への拝礼は、大通詞の介添えを得て大広間でおこなわれる。一方、随員の蘭国人たちとほかの通詞、ならびに長崎屋主人の源右衛門《げんえもん》は殿上之間次に控えるのだが、座る位置やお辞儀の仕方など細々とした定式《さだめしき》があり、拝礼をすみやかにおこなうためには坊主衆の世話を必要とした。

いよいよ拝礼の段になると、長崎奉行は宗門奉行に会釈されて大広間落椽《おちえん》に進み、落椽の上より三本目の柱脇に控えさせておいたカピタンを大広間へ引きあげる。そして、一本目の柱より二枚目の板のところで平伏するのだが、カピタンはこのとき長崎奉行の左に位置取った。

ふたりが平伏すると、奏者番《そうしゃばん》が「オーランダのカピターン」と声を張りあげる。

蔵人介は橘右近の指示で武者隠しに控え、奏者番のやけに疳高い声を襖越しに聞いていた。

将軍家慶は「大儀《たいぎ》である」と発するのみ、フランディソンは顔を上げることも許されない。臣下のように扱われても、不満な態度をみせれば首を刎《は》ねられるやもしれぬのでおとなしくしていた。

長崎奉行の戸川はひと呼吸おいたあと、フランディソンの纏《まと》う燕尾《えんび》服の裾を引いて退出させる。戸川は重臣たちの居並ぶ御拭椽席《おぬぐいえんせき》で着座し、フランディソンは落椽を通って殿上之間へと退出しなければならない。退出の先導役は大通詞の中山だが、随員たちも揃って表向を出るころには宗門奉行も同道し、台所部屋下埋御門《うずみごもん》を経て大御所家斉の待つ西ノ丸へ向かった。

拝礼は素っ気ないが、それからのちの「蘭人御覧」と称する親交会には長い時を費《つい》やす。

カピタン一行は本丸に戻ってまずは白書院へおもむき、お忍びであらわれる家慶や諸大夫、あるいは大奥の高貴な方々に接する。珍しい帽子や衣服や帯剣を回覧し、請われれば歌謡や舞踏を披露しなければならない。

このときのために、フランディソンは黒い肌の従者をひとり控えさせていた。大通詞の和解《わげ》するところによれば、アフリカ大陸南端の喜望峰《きぼうほう》なる湊《みなと》で雇いいれた荷役夫であるという。

「名はコンタと申します」

と、大通詞の中山が発した。

丈で七尺近くはあろう。胴は鉄棒のように細く、首と手足が異様に長い。頭の毛は縮れて短く、顔も丸餅を伸ばしたように細長い。肌は全身に炭を塗《まぶ》したかのごとくで、天鵞絨《ビロード》のように光沢があり、ぎょろ目のなかの白目がやけにめだち、笑ったときだけ白い歯がぴかりと光った。

並みいるお歴々にとっては、象か駱駝《らくだ》をみるような感覚に近い。

誰もが感嘆の声をあげたのは言うまでもないが、誰よりも眸子《まなこ》を輝かせたのは将軍家慶であった。

「カピタンに命じて、その者に何か芸をさせい」

と発して、中山に通訳させた。

「コンタは従者随一の力自慢で、棒術を得手としております」

カピタンが胸を張って応じるや、さっそく、即席の演武を催すこととなった。

舞台となる広縁《ひろえん》にむかって右側の桜之間寄り入側《いりかわ》には御三家の主従が座り、一方の左側にあたる帝鑑《ていかん》之間の入側前列には老中たち、後列には若年寄《わかどしより》や大目付などが陣取る。敷居を隔てて後方となる連歌《れんが》之間には近習《きんじゅ》や奥向の方々も列席し、広いはずの白書院は息苦しいほどになった。

連歌之間の末席には、蔵人介のすがたもある。

不測の事態に備え、橘から待機を命じられていた。

家慶が下段之間に座すと、老中首座の水野越前守忠邦から筆頭目付の鳥居耀蔵《とりいようぞう》へ合図がおくられ、鳥居から大通詞の中山を介してカピタンに「演武をはじめよ」との指図がもたらされる。

コンタは門番の携える六尺棒を二本所望《しょもう》し、これを両手に一本ずつ握るや、唐突にくるくるまわしはじめた。

はじめはゆっくりと、徐々に回転の速度を速めていく。

みている連中は首をまわし、目もまわし、やがて、追いつくのが難しくなった。

演武というより、曲芸のたぐいに近い。

いずれにしろ、長い腕と長い指がなければ、できそうにない技だ。

カピタンがぱんと手を打つと、コンタはぴたりと動きを止める。

二本の六尺棒は、両脇にぴたっと挟まっていた。

「見事じゃ。誰ぞ、張りあう者はおらぬか」

家慶は周囲をぐるりと見まわし、屈強そうな家臣を物色する。

「恐れながら」

声をあげたのは、水戸《みと》徳川家当主の斉昭《なりあき》であった。

後ろには、側用人《そばようにん》に昇格させたばかりの藤田東湖《ふじたとうこ》を控えさせている。

斉昭は聡明な殿様だが、欧米列国を卑《いや》しむべき夷狄《いてき》と断じきり、徹底排除すべしとの立場を取っていた。こうした攘夷《じょうい》論を水戸学の核に据えてひろめた人物こそ、藤田にほかならない。そのせいか、水戸家の主従は「蘭人御覧」の当初から険しい表情を崩さなかった。

「上様、あれなど所詮は道端で乞胸《ごうむね》が銭を請うて披露する芸にすぎませぬ。わが家の者が真実《まこと》の武術を教えて進ぜましょう」

「よう言うてくれた。さればさっそく、手の者を」

「はは」

斉昭が振りむくと、最後列に控えていた巨漢の家臣が立ちあがった。

家慶がうなずくのを確かめ、老中の水野が声を張りあげる。

「名乗りを許す」

「はっ。水戸徳川家大筒頭《おおつつがしら》、高力房之助《こうりきふさのすけ》にござりまする」

どうやら、水戸徳川家随一の怪力らしい。

「御広縁へ」

と、行司役の鳥居が促す。

「はっ」

「仕度が整うたら申せ」

「いつなりとでも」

高力は裃を外し、控えの番方に手渡す。

素早く襷《たすき》掛けを済ませ、広縁の中央に進んだ。

六尺棒一本を手にしたコンタにたいし、高力は三尺の木刀で対峙する。

「寸止めは無用じゃ」

と、家慶が叫んだ。

殺気を漲《みなぎ》らせているのは、高力のほうだけだ。

「はじめ」

鳥居が合図を掛けるや、高力が凄まじい気合いを発した。

「きぇぇえ」

コンタは驚いたように眸子を瞠り、六尺棒を前に突きだして防禦《ぼうぎょ》の姿勢をとる。

隙ありとみてとり、高力が頭から突っこんだ。

つぎの瞬間、信じられないようなことが起こった。

コンタは床を蹴り、真上に二間《けん》余りも跳躍してみせた。

そして、中空から長い脚を伸ばし、高力の後ろ頭を踵《かかと》で蹴りつけたのだ。

——がつっ。

鈍い音が響き、高力は顔から広縁に落ちる。

呆気《あっけ》なくも気を失い、奥へ運ばれていった。

歯軋りして口惜しがったのは、徳川斉昭である。

「口ほどにもない。誰か、ほかに誰かおらぬか」

家慶が叫ぶと、このままでは幕府の威信が地に落ちると判断したのか、水野忠邦が橘右近をそばに呼びよせた。

橘はうなずき、最後方の蔵人介に目配せをしてくる。

知らぬふりを決めこむと、家慶がまたもや声を荒らげた。

「情けない。われこそはと名乗りでる者はおらぬのか」

仕方なく、白髪の橘がひらりと手を挙げる。

「恐れながら」

「おう、爺か」

橘は秘かに将軍御用之間への出入りを許され、目安箱の管理も任されている。家慶から気軽に「爺」と呼ばれるほど信頼も厚いので、並みいる重臣たちも橘の推挽《すいばん》しようとする者の名を聞きのがすまいとした。

「御膳奉行の矢背蔵人介を、おぼえておいでてござりましょうか。上様の御前にて演武を披露したこともござりまする」

「忘れたが、まあよい。腕は確かなのであろう」

「幕臣屈指かと」

「されば、その矢背とやらに立ちあわせてみよ」

「はは」

正式に命じられて蔵人介は立ちあがり、裃のままで広縁に向かう。

番方が木刀を寄こそうとしたので、やんわり断った。

裃も脱がず、コンタに徒手空拳で対峙する。

行司役の鳥居が焦《じ》れたように叱りつけてきた。

「何をしておる。早う、仕度せぬか」

「このままで結構にござります」

「何じゃと」

「すでに、かの者の動きは見切り申した」

「大きい口を叩きおって。負けたら切腹じゃぞ」

嘲かれても、平気で聞きながす。

「ならば、はじめ」

合図が掛かった。

蔵人介は泰然として、巌のごとく動かない。

瞬きすらもせず、じっと相手を睨みすえる。

コンタは天敵に狙われた獣のように、ぶるっと身を震わせた。

恐怖を振りはらうかのように棒を掲げ、真上から逆落《さかお》としに振りこんでくる。

「あっ」

声をあげたのは、家慶だった。

六尺棒が脳天を砕く凄惨な光景を想像したのだ。

ところが、棒の先端は床を叩いた。

濛々《もうもう》と埃が舞うなか、コンタは片膝をついている。

すでに、勝負は決していた。

蔵人介は横三寸の動きで棒の一撃を躱し、素早く身を寄せるや、相手の鳩尾《みぞおち》へ拳を埋めこんでいた。

「よし、ようやった」

よくぞ面目を保ってくれたと、家慶ばかりか、居並ぶ重臣たちからも賞賛の声が沸きおこる。

「すばらしい《グローテ》」

フランディソンも頬を赤く染め、握手を求めてきた。

手を握る習慣はないので、蔵人介は軽くお辞儀をする。

賞賛など、嬉しくも何ともなかった。

コンタの悲しげな眼差しが、哀れで仕方ない。

このような立ちあいは本意でなく、一刻も早く散会になることだけを願った。

二

翌日、蔵人介は宿直《とのい》を済ませ、途中まで帰路をたどったが、何となくいつもの習慣で神楽坂《かぐらざか》のほうへ足を向けた。

従者の串部には「卯三郎の伴走をせよ」と命じてある。

今ごろは「十三坂上り下り」の苦行を、ともに味わっていることだろう。

水練につづいて卯三郎に課した試練は、十三の坂道に挑む早駆けであった。

自邸のある市ケ谷御納戸町は付近に坂が多く、早駆けの鍛錬にちょうどよい。

道順はまず浄瑠璃《じようるり》坂を下って隣の左内《さない》坂を上り、安藤《あんどう》坂、鼠《ねずみ》坂、鰻《うなぎ》坂、歌《うた》坂、逢《おう》坂、庾嶺《ゆれい》坂、新《しん》坂、地蔵《じぞう》坂、三年《さんねん》坂、軽子《かるこ》坂と経て神楽坂にいたり、勾配《こうばい》のきつい神楽坂を上って地蔵坂、新坂、庾嶺坂と同じ道を戻っていく。

往復二里強の行程を、この半月弱は三往復させていた。本人には伝えていないが、これからは五往復させるつもりでいる。走破する長さは約十里、平坦ではない起伏の激しい道程を二刻以内に走りぬけねばならない。走りきることができなければ、また振りだしに戻る。

過酷な挑戦であった。血反吐《ちへど》を吐くほどの苦しみを味わうことになろう。

それでも、遠足の試練を乗りこえぬかぎり、養子縁組のはなしは水泡と消える。

試練のさきには試練があり、限界のさきには越えた者にしか感じられないものがある。そのことを知ってもらうためには、心を鬼にしてでも無謀ともおもえる試練を課さねばならない。

近頃、蔵人介をみる卯三郎の目つきが変わってきた。

根底に流れるのは怒りだ。

何故、これほど理不尽な目に遭わねばならぬのか。

血の繋がらぬ子を虐《いじ》めて、楽しんでおるのではあるまいな。

あきらかに、卯三郎の目はそう訴えている。

それでよい。

怒りは力の源泉だ。おのれを高みへ持ちあげてくれる。

怒りこそが卯三郎に足りないものであることを、蔵人介は見抜いていた。

かつての自分もそうだった。

いや、人はみな同じだ。

怒りよりも穏やかさを求める。

厳しさよりも優しさを求める。
だが、真実の優しさは厳しい鍛錬によって培われる。
怒りによって醸成され、不動の心を支える基になる。
偽りの優しさなど、いざというときに何の役にも立たない。
たとえば、絶大な権威や悪に抗おうとして、屈する者は多い。
絶望の淵で救いを求めても、誰ひとり振りかえる者はいない。
真実の優しさが真価を発揮するのは、おそらく、そうしたときだ。
正しいことをおこなおうとする者を、見捨てるわけにはいかない。
善人が理不尽な扱いを受けているのなら、命懸けで救わねばならぬ。
救える人になってもらうために、卯三郎には厳しい試練を課している。
蔵人介は神楽坂を上り、小径を曲がったところで、ふと、立ちどまった。
何処からか、物悲しい手鞠《てまり》歌が聞こえてくる。
「鳥が父《てつ》ちょは何処《どけ》いたか、あの山こえて里へ行た、里からみやげはないいないか、
駄馬《だだ》ん子一匹、牛《べぶ》ん子一匹……」
何度か、露地裏で耳にした。
お煙草盆に結った娘が唄っていたのだ。

「『まんさく』の爺ちゃんが、教えてくれたんだよ」

と、娘は教えてくれた。

もちろん、おぼえている。

父の孫兵衛《まごべえ》も、幼い蔵人介に唄ってくれた。

父子《おやこ》で暮らした御家人長屋《ごけにん》の光景が、脳裏に浮かんでくる。

十一歳で矢背家の養子となる際も、孫兵衛はその手鞠歌を口ずさんでいた。

御天守番《おてんしゅばん》として御家人の勤めを果たし、晩年になってようやく救いの場を得た。

それが小料理屋の『まんさく』だった。おようという情け深い女将に惚れ、みずから慣れない包丁を握って板場に立った。

皺の刻まれた笑顔をおもいだすと、胸が締めつけられる。

孫兵衛が口ずさんでいたのは、薩摩の手鞠歌だった。

そのことを、ずっと知らずにいたのだ。

敢えて知ろうとしなかったのかもしれない。

遠い記憶のなかで、誰かに唄ってもらったことがある。

おそらく、生んでくれた母だろう。

顔も知らない。

年端《としは》もいかぬころ、逃散《ちょうさん》で捨てられた村の片隅で震えていた。

そのとき、風のようにあらわれた旅の男に拾われたのだ。

男は薩摩と肥後《ひご》を分かつ野間関《のまのせき》を越えるべく、病の幼子を連れた父親に化けねばならなかった。

男はまんまと国境を越え、江戸への道をたどりはじめた。

足手まといの幼子は、何処かの宿場の棒鼻《ぼうばな》で置いてけぼりにされた。

握り飯をひとつ渡されたが、食べずに我慢して明け方を待ち、空腹に耐えかねて握り飯を頬張った。

そのとき、濃い朝靄《あさもや》のなかから男があらわれ、大きな掌を差しのべた。

涙で顔をくしゃくしゃにしながら、幼いこの身を抱きしめてくれたのだ。

「捨てられぬ。おぬしを捨てられぬ」

男のことばとぬくもりが、幼い蔵人介にとってはすべてだった。

この人を父と呼ぼう。

まことの父だとおもって、生きぬこう。

そう、幼心に決めた。

ほんとうは、ずっと忘れていた。

孫兵衛が亡くなって数日経ち、忽然と蘇ってきた記憶だった。

驚きもせず、狼狽《うろた》えもせず、ただ、みずからの運命《さだめ》を嚙みしめた。

人と人が出会うきっかけは、神仏が与えてくれるものだ。

孫兵衛との出会いは、蔵人介にとって奇蹟にほかならなかった。

「烏が父ちょは何処いたか、あの山こえて里へ行た……」

蔵人介は手鞠歌を口ずさみ、くるっと踵《きびす》を返す。

孫兵衛は、もうこの世にいない。

ずっとむかし、幕府の間諜として薩摩藩の抜け荷を調べていた。何年も経って過去の因縁が蘇り、関わらざるを得なくなったあげく、逝ってしまったのだ。

正月九日、孫兵衛は死んだ。

気丈なおようを励ますためにも、足繁く『まんさく』を訪ねようと心懸けてはいるものの、訪ねても淋しさが募るだけだ。

甃《いしだたみ》をゆっくり戻り、神楽坂を下りはじめた。

午後の陽光が眼下の濠に反射し、黄金の光を放っている。

尻を端折《はしょ》った若侍が光を背負い、急坂を駆けのぼってきた。

「卯三郎か」

蔵人介は、かつての自分をみつめている。

卯三郎の父は、勘定所《かんじょうじょ》に勤める糞がつくほど真面目な幕臣だった。上役の不正を看過できず、訴えようとしたことが徒《あだ》となって命を狙われた。まずは家督を継いでいた兄が壮絶な虐《いじ》めに遭って狂死し、母は兄の手に掛かって命を落とした。父も敵《かたき》を討とうとして返り討ちにされ、卯三郎は天涯孤独の身になった。

蔵人介は隣人の誼《よしみ》で救いの手を差しのべ、父たちの敵を討つとともに、卯三郎を家に迎えた。剣術に天賦《てんぷ》の才を見出してはいたものの、当初は矢背家の養子に迎えるつもりなどなかった。実子の鐵太郎に、すんなり家督を継ぐ気でいたのだ。

しかしながら、鐵太郎には才がなかった。母の幸恵は嘆いたが、これればかりは仕方なかろう。毒を啖う勇気はあっても、剣術に長《た》けておらぬ者に矢背家を継ぐことはできない。学問好きの鐵太郎は蘭学と医術を究《きわ》めるべく、みずから大坂へ旅立ってしまった。

卯三郎には、鐵太郎への負い目も当然ある。試練が過酷であればあるほど闘志を燃やすのは、そのせいもあるのだろう。

「はっ、はっ」

蔵人介の耳には、苦しげな吐息が聞こえていた。

十三坂の上り下りは、三往復目に差しかかっている。

「あと二往復だ」

近づく卯三郎の歪《ゆが》んだ顔をみつめ、蔵人介は表情も変えずにつぶやいた。

三

カピタンの命を狙う者がいる。

城内で囁かれる噂の出所は定かでない。だが、石町の長崎屋周辺には「夷狄を追いだせ、成敗せよ」と、声高《こわだか》に叫ぶ愚か者もあると聞く。

そのせいもあってか、弥生《やよい》四日に催された町入能《まちいりのう》にカピタンは招待されなかった。

「たいそうな芝居好きらしゅうて、地団駄《じだんだ》を踏んで口惜しがっておられたとか」

口さがないお城坊主の噂話を聞きながし、この日を楽しみに待っていた町衆たちの喧噪に耳をかたむける。

町入能とは年に一度、八百八町の家主を招いて観能させる催しであった。

将軍家ならびに諸侯と有力な町人たちとの憩いの場、団欒《だんらん》のひとときとも言うべきもので、朝から小雨の降るなか、将軍家慶および世嗣《せいし》家祥出座のもと、大広間の表舞台では「道成寺《どうじょうじ》」が演じられた。

紀州《きしゅう》道成寺に伝わる僧安珍《あんちん》と清姫《きよ》の伝説に由来する能である。観世《かんぜ》流の能楽師演じる白拍子《しらびょうし》が張りぼての鐘楼《しょうろう》に飛びこむや、恋の妄執《もうしゅう》に憑《つ》かれた白拍子が蛇に変化し、火を吐いて荒れ狂う。何度観ても興味の尽きぬ演目だが、蔵人介は桟敷《さじき》に座ることのできなかったカピタンのほうが気になった。

公人朝夕人を介して橘右近から「下城ののち、急ぎ、長崎屋へおもむくように」との命がもたらされていたからだ。

町入能も終わり、やがて、下城が許された。

浮かぬ顔で石町へ出向くと、主人の源右衛門が下にも置かぬ態度で出迎える。

一階奥の客間では、身なりのきちんとした初老の武士が待ちかまえていた。

「おお、矢背蔵人介どの。拙者は佐倉《さくら》藩堀田《ほった》家の番頭、兵藤帯刀《ひょうどうたてわき》でござる。じつを申せば、わが殿がカピタンの御身をご案じになり、身辺警戒を怠らぬようにと命じられましてな。それゆえ、まかりこしたという次第」

佐倉藩藩主の堀田備中守正睦《びっちゅうのかみまさよし》は、齢三十二で次期将軍家祥付きの西ノ丸老中となった。末は幕政の舵取りをと期待されるほどの人物だが、蘭国をはじめとする海外の品々や芸術などへの憧憬《どうけい》がことのほか強い。ために、それをよくおもわぬ水戸藩の連中などから「蘭癖大名」と揶揄《やゆ》されていた。

「わが殿は城中でもカピタンのフランディソンどのと親交をお持ちになった。珍しい鸚鵡《おうむ》まで頂戴してな」

「鸚鵡」

「さよう。羽根や嘴《くちばし》が赤、黄、青と何色にも彩られておる鳥でな、遥か南方から海を渡ってまいったのじゃ。拙者もこの目でしかとみた。美しいうえに愛嬌もあるゆえ、他藩の御大名衆も是非にと所望されたが、カピタンはわが殿にだけ進呈してくだされた。殿は御心を動かされ、ご老中の水野越前守さまに直談判なされてな、カピタンの防《ふせぎ》を仰せつかる許しを得たというわけじゃ」

長崎屋の警戒には、通常、普請役《ふしん》ふたりと町奉行所の同心ふたりが当たる。四人が昼夜詰めきりになり、来訪者との仲立ちは普請役がおこなうのだ。

出入りには「焼印札」が必要だった。「品数書付」一通と「断り書」一通に割印をし、普請役へは「断り書」が、持ちだす者には「品数書付」が手渡される。持ちだす際は品数などが厳しく調べられた。また、先例のない案件については、逐一、普請役が管轄の勘定所へ伺いを立てねばならなかった。

「連中の顔を立てねばならぬゆえ、ご老中のお墨付きがあると申しても、出過ぎたまねは差しひかえるつもりじゃった。されど、悠長なことも言うておられぬ事態になった。今朝方、矢文が打ちこまれてな」

兵藤はそう言い、懐中から文を取りだす。

開けてみると「天誅《てんちゅう》」と朱で記されていた。

「この朱は血じゃ。何者かが血文字の文を射てきおった。のう、こうなれば捨ておけまい」

普請役はさっそく勘定所へ伺いを立てたものの、本日じゅうに増員の手配はなされないという。町奉行所のほうも、北町《きたまち》奉行が大草安房守高好《おおくさあわのかみたかよし》から遠山左衛門尉《とおやまさえもんのじよう》景元《かげもと》に交替したばかりで、何かと立てこんでおり、機敏な手配ができぬらしい。

それゆえ、佐倉藩から今いる二名のほかに番士を呼びよせたいところだが、普請役たちがよい顔をしないという。

「拙者はあくまでも陪臣ゆえ、強い意見も言えぬ。ここは少数精鋭で対処するしかないと、カピタンとも相談がまとまってな。それで、わざわざ上に手をまわし、おぬしにお出《い》で願ったのよ」

「ご主旨はわかりました。されど、何故、それがしをお呼びになったのですか」

蔵人介の問いかけに、兵藤はにやりと笑った。

「カピタンのご指名じゃ。例の御前試合よ。七尺の黒い化け物を手玉に取った一戦、拙者も末席から観させてもろうた。さすが、聞きしに勝る剣客じゃ。矢背どのは見事に武士の沽券《こけん》を守ってくれた。それにひきくらべ、水戸家某の体たらくはどうじゃ。木偶《でく》の坊とはまさに、あやつのことよ。まあ、何はともあれ、カピタンにお引きあわせいたそう」

と言いつつも、兵藤は動かない。

二階への案内に立ったのは、源右衛門であった。

「階段が急ゆえ、お足許にお気をつけくださいい。御一行には二階の四部屋をお使いいただいております」

カピタンのフランディソンは、洋風の調度品で飾られた応接間で椅子に座っていた。蔵人介のすがたを目にするなり、椅子から立ちあがって、両手を大きく広げながら近づいてくる。

「矢背蔵人介どの、ようお越しになられた」

フランディソンのことばを、かたわらに控える大通詞の中山作蔵が即座に和解してくれた。

蔵人介は面食らいつつも、丁寧にお辞儀をする。

つぎに、ふたりの随員を紹介された。

書記のヘルナルト・スヘッセンと医師のウィロム・ケイデだ。

スヘッセンのほうはカピタンと同じ赤毛で丈が高く、ケイデのほうは髪も目も黒くて熊のように肥えている。

ふたりとも興味深そうに蔵人介の風体を眺め、腰の刀に目を貼りつけた。

ケイデは蘭医だけに来訪者も多く、目の下に隈をつくっている。

奥の部屋にも従者たちがおり、フランディソンに呼ばれてあらわれたのは、黒い肌のコンタだった。

欄間にぶつかるので、部屋にはいるたびに頭を下げねばならない。

コンタは蔵人介をみつけた途端、怯《おび》えたように下を向いた。

「よほど城中での負けが堪《こた》えたとみえる。コンタは矢背どのに崇敬の念を抱いておりましてな、ご覧のとおり、飼いならされた獅子も同然にござる」

フランディソンのことばを、大通詞の中山が一言一句漏らさずに伝えてくれる。

一方、随員たちのことばを和解するのは、小通詞である植村七之助の役目だった。

「矢背どのは、将軍さまのお毒味役だそうですね」

と、植村はケイデの問いを口にする。

「蘭国にそうした役目はありません。ただ、天国の入り口へ連れていってもらえるジギタリスの葉や甘い果実のようにみえるベラドンナの実など、毒は数えきれぬほどある。ひょっとして、貴殿は毒を口にされたことがおありか」

「ござります」

平然として蔵人介はこたえた。

たとえば、鳥兜の毒を食して死にかけたはなしをすると、ケイデのみならずほかの連中も身を寄せてくる。

「理不尽な役目だとおもわぬのか」

と、カピタンが問うてきた。

「毒を啖うて死なば本望、それが将軍に仕える武士というものにござる」

ことばを尽くしたところで、理解はできまい。

蔵人介はお辞儀をすると、源右衛門を促して部屋を出た。

階下では、兵藤が首を長くして待っている。

「いかがであった。カピタンは喜んでおられたか」

「よろしく頼むと仰いました」

「右手を差しのべたであろう。その手を握ってやると喜ぶぞ。シェイクハンドと申してな、あっちのほうの挨拶らしい」

兵藤は笑いながら、右手を差しのべてくる。

蔵人介は仕方なく、その手を握りかえしてやった。

「これで貴殿も仲間じゃ。もう、ここから逃げられぬぞ」

下駄のように四角い顔でけたけた笑われると、腹が立ってくる。

あれよという間に、蘭癖大名のお節介《せっかい》に巻きこまれてしまった。

「橘右近さまには、わが殿からはなしが通っておるゆえ、しばらくは出仕《しゅっし》なされずともようござる。その点は安堵なされよ」

だが、出立《しゅったつ》の予定だけは聞いておかねばなるまい。

「月をまたぐことはあるまい。されど、暇乞《いとまご》いの日取りはまだお城から通達されておらぬようでな、いずれにしろ『佐倉の遠足』をご覧になってからになろう」

兵藤の言う『佐倉の遠足』とは、桜の季節に国許で催される駆《か》け競《くら》べのことだ。関八州《かんはっしゅう》に暮らす者ならば、まず、知らぬ者はおるまい。十里余りもの長さでおこなう駆け競べは、厳しい試練の象徴でもあった。

「それがな、今年は何と江戸府内で催すことと相成った」

「えっ」

「いまだ、おおやけにされてはおらぬ」

きっかけは、将軍家慶が世嗣家祥に発した「花見の余興は何かないか」という問いかけであったという。

家祥は十七になっていたが、目のあたりに痘瘡《とうそう》の痕があり、人前に出るのを極端に嫌った。乳母《うば》の歌橋《うたはし》相手に菓子作りに励む様子を聞き、家慶は世嗣としての適性を疑ったほどである。

その家祥が苦しまぎれにこたえたのが『佐倉の遠足』だった。

おそらく、傅役《もり》の堀田播磨守《はりまのかみ》から聞かされていたのだろう。

「桜と申せば、佐倉の遠足にござりまする。幕臣や陪臣からも広く参加を募り、これを府内にてとりおこなえば、町人たちも大喜びいたしましょう」

家祥の態度は、いつになく堂々としていたという。

家慶は眸子を潤ませて喜び、一も二もなく「許す」と応じた。

さっそく、その吉報は佐倉藩に伝えられたが、なにぶん猶予がない。

桜の咲いているあいだに催さねば意味がないため、幕臣や他藩からの参加を募るのは難しい情況だった。

「ぎりぎりまで遅らせて、今から半月後の二十日に催すことだけは決まっておる。

上野山や飛鳥《あすか》山といった桜の名所を巡る道順になろう」

こうした催しのあることを告げたところ、カピタンも是非見学したいと膝を乗りだしたらしい。

したがって、一行の出立は少なくとも二十日以降になるだろうと、兵藤は言う。

「ま、ひとつお頼み申す。矢背どのがおってくれれば、百人力じゃ」

佐倉藩十一万石の番頭は豪快に嗤《わら》うと、今度は両手を差しだし、蔵人介の右手を握ろうとした。

四

城を退出した日から、カピタンたちは多忙を極めていた。

介添え役を仰せつかった長崎屋源右衛門は額に汗を掻きながら、蔵人介に嘆いてみせる。

「何しろ、ご老中はじめお歴々の御役宅を経巡《へめぐ》り、ご挨拶せねばなりませぬ」

これを「廻勤《かいきん》」と呼ぶのだが、夥しい進物を携えて町中を行列する光景は嫌でも人々の目を引いた。

あるいは、有力大名のもとへも、要請があれば伺候《しこう》しなければならない。

「山下《やました》御門内の佐賀《さが》屋敷や三田《みた》の薩摩屋敷などから、早う来ぬかと催促を賜っております」

佐倉藩を治める堀田正睦のほかにも、蘭国贔屓《びいき》の有力大名はかなりいる。

そうした大名の屋敷へ伺候するだけでなく、カピタンとの交流を待ちのぞんでいた連中が連日のように訪ねてきた。

「鷹見《たかみ》さまなどは、ご妻子をともなってご参じになりたいとの由《よし》、内々に文まで頂戴しました」

鷹見十郎左衛門《じゅうろうざえもん》は下総《しもうさ》国古河《こが》藩の家老にして蘭学者、本丸老中となった土井大炊頭利位《どいおおいのかみとしつら》の右腕にほかならない。鷹見のような視野の広い大名家の重臣や蘭学者、あるいは蘭方医や舶来品を扱う商人たちなど、大勢の者が手土産持参でやってくる。

素姓のしっかりした相手なら、源右衛門も拒むことはできない。

カピタンから「ぞんざいに扱わぬように」と、釘を刺されてもいる。

なぜならば、すべての来訪者が蘭国の顧客になるかもしれないからだ。

カピタンは本国から全権を託された大使であるとともに、植民地などで仕入れた物を売って外貨を稼ぐ商人でもある。

「じつを申せば、蘭国の国力は衰えておるようなのです」

と、源右衛門は声を落とす。

植民地の大半は英国《イギリス》に奪われ、本国でさえも一時は仏国《フランス》の統治下にあったという。欧州の情勢は知らぬ間に激変していた。もちろん、カピタンにしてみれば、自国に不利な情報は口が裂けても教えられない。源右衛門は通詞を介して欧州の現状をある程度は聞いており、通詞は長崎の唐人たちから情報を入手しているようだった。

幕閣のお歴々も蘭国の衰退をまったく知らぬはずはないのだが、今のところ蘭国との門戸を閉ざす気はなさそうだ。切支丹《きりしたん》が首謀者となった島原《しまばら》の乱ののち、葡国《ポルトガル》が宣教師ともども追放されてからは、江戸幕府との交易を許された唯一の外国にほかならず、門戸を閉ざせば海外の情報が入手困難になるからである。

蘭国としても、特権を手放すわけにはいかない。それゆえ、カピタンは日本との交易を維持するために、大量の進物を携えてきた。

「すでにご存じかとおもいますが、進物の多くは阿蘭陀織緞子《どんす》、羅紗《ラシャ》、天鵞絨《ビロード》、更紗《さらさ》、猩々緋《しょうじょうひ》などといった舶来の反物《たんもの》にござります」

聞き上手の蔵人介相手に愚痴を漏らしたくなったのか、源右衛門は珍陀酒《ちんだしゅ》と称する赤葡萄酒《ぶどう》をすすめながら、滔々《とうとう》と喋りつづけた。

進物はほかにも、酒や煙草などの嗜好品、オルゴール、鏡、硝子《ガラス》盆、銀器などの調度品、あるいは、狆《ちん》や鸚鵡などの愛玩動物まで多岐におよぶ。厳密には将軍と世嗣へ贈る品は献上品、そのほかは進物と呼びわけ、献上品のなかには豪華な燭台や柱時計や装飾のほどこされたピストルなどもふくまれていた。

興味深いのは、カピタン一行が滞在費用を稼ぐべく、余分に運んできた進物があるということだ。源右衛門によれば、高価な余剰進物は二種類あり、ひとつは為買《かわせ》反物、またひとつは送り砂糖と呼ばれている。

「そのふたつを、手前どもが買いとるのでございます」

幕府から定宿に指定された長崎屋は旅籠を家業としているわけではなく、平常《ふだん》は薬種を扱う問屋業を商っていた。それは大坂の長崎屋や京《きょう》の海老《えび》屋といった定宿も同じで、本来は物を売買している。

船来の為買反物は三都の定宿が大半を買いとり、幕府の高官に五割増しで売り、高官はさらに高値で転売するという。一方、白い送り砂糖のほうも長崎屋などの定宿がひと籠十両ほどでカピタンから買いうけ、おおよそ三倍の値段で転売した。

「このたびは、五十籠ほど買わせていただきます」

となれば、しめて一千五百両の売上げになる。

余剰進物の転売は幕府も認めており、カピタン一行を滞在させる膨大な費用はこの手法で捻出されるのだという。長崎屋は敷地内に三棟の蔵を所有しているものの、カピタンの持ちこんだ進物は収納しきれないため、幕府の御納戸を借りうけていた。反対にカピタンたちへの贈答品として喜ばれるものは、琴や三味線、茶道具や筆墨など、やはり、日本にしかない品々である。

「されど、何と申しましても、カピタンが一番欲しいものは銅にほかなりませぬ」

日本原産の銅は日蘭貿易の決済にあてられ、貨幣としての価値だけでなく、大型船の船体を安定させる底荷《バラスト》の役目も負っていた。

「フランディソンさまは長崎奉行の戸川さまを通じて、ご老中の水野さまへ年額で銅百万斤《きん》ぶんの取引を要求なされました。昨年がおよそ六十万斤でございますから、二倍弱まで増やせという図々しい要求にござります」

ところが、水野はカピタンの要求を評議に諮《はか》ると確約したらしい。

「珍しい狆をお贈りしたらば、水野さまはことのほか気に入られましてな、もしかしたら、狆のおかげでカピタンは大きな成功を収めるかもしれませぬ」

さすがに喋りすぎたとおもったのか、源右衛門はふいに黙りこむ。

そして、まったく別のはなしをしはじめた。

「そう言えば、今日は『勧進帳《かんじんちょう》』の初日でございますな」

忘れていた。芝居町まで足を運ぶ機会もないからだ。

それでも、五代目市川海老蔵《いちかわえびぞう》が満を持して打つ『勧進帳』は弥生狂言の目玉として読売などでもさかんに喧伝されたので、町人はもとより侍でも知らぬ者はいない。木挽町《こびきちょう》の河原崎座《かわらざき》でおこなわれる初日の席札は入手困難となり、闇では正価の何倍もの高値で取引されていた。

「筋は誰もが知っております。ところは加賀国安宅《あたか》の関、兄頼朝《よりとも》の怒りを買って奥州《おうしゅう》へ逃げのびる義経《よしつね》主従が山伏《やまぶし》に身を窶《やつ》し、関守《せきもり》を騙して関所を通りぬけようとする。弁慶《べんけい》の機知が功を奏したとおもったのもつかのま、関守は一行の正体に疑念を抱く。はてさて、義経主従の行く末はいかに」

辻講釈の名調子で語る源右衛門は、かなり酔いがまわっているやにみえた。

「松の木をあしらった華やかな舞台に、錦上花《きんじょうはな》を添えるがごとき雛壇の囃子《はやし》方。手前とて、海老蔵の弁慶が観とうござる。睨みを利かされて厄を祓いたい。幕外へつつっとはける飛《と》び六方《ろっぽう》が観てみたい。じつは、このはなしをさせていただいたところ、たいそう芝居好きなフランディソンさまは、どうあっても観たいと仰る。それは無理だとお断りしたところ、芝居小屋の雰囲気だけでも味わいたいと、袖に縋《すが》る勢いで請いなさるのでござります」

嫌な予感がした。

源右衛門は膝を寄せ、それこそ袖に縋る勢いで請うてくる。

「長年お世話をさせていただいた身としては、カピタンのお望みを叶《かな》えて差しあげたいのでござります。矢背さま、どうか、お許し願えませぬか。防《ふせぎ》の核である矢背さまさえご納得なら、ほかのみなさまはどうにかなります。ええ、お金で済むものなら、いかほどでも出しましょう。されど、矢背さまだけには通用せぬ。真のお侍は金では動きませぬゆえ。ええ、ようく存じております。すれば、どうか、どうか、カピタンのお望みを叶えて差しあげてくださいまし」

「断る」

言下に応じてみせると、源右衛門は棒を呑んだような顔をした。

五

三日後、カピタン主従のすがたは木挽町にあった。

長崎屋源右衛門の執拗な説得を受け、蔵人介はついに折れたのだ。

カピタンのフランディソンは、頭巾で顔を隠している。

書記や医師はともなわず、万が一のためにとコンタひとりをしたがわせていた。防は佐倉藩の藩士と町奉行所の同心がふたりずつ、普請役は臍《へそ》を曲げて随行しなかった。蔵人介も入れて六人では心許ないので、串部と卯三郎まで連れてきた。

「これも修行と考えよ」

卯三郎は予期せぬ随行にふたつ返事でしたがい、大通詞の中山を介してフランディソンに紹介してやると、恥じらう童女のように頰を赤らめた。

案内役の源右衛門は、誰よりも張りきっている。

「おかげさまで、カピタンは大喜びにございます」

今や大人気の『勧進帳』を観劇できるわけでもないのに、芝居町の雰囲気に触れるというだけで、フランディソンは楽しそうだ。

今日は朝からよく晴れた。

お忍びの一行は江戸橋を渡ったさきの鎧《よろい》の渡しから小舟に乗り、楓川《もみじがわ》から三十間堀川《さんじっけんぼりがわ》へと漕ぎすすんだ。

船頭は不審そうにフランディソンの顔を覗きこんだが、串部に恐い目で睨まれて棹挿《さおざ》しに専念する。三十間堀川は三十年近くまえから川幅が二十間弱に狭められたものの、左右とも河岸のつづく船入堀なので荷船が頻繁に行き交っていた。

フランディソンは河岸の風景を懐かしそうに眺め、故郷のアムステルダムも江戸と似て水運に恵まれた都なのだと言った。

三十間堀川は木挽町一丁目から七丁目までつづき、芝居町は木挽橋を越えた五丁目辺りにある。

小舟を下りて川岸へあがると、すぐさま、色とりどりの幟《のぼり》が目に飛びこんできた。櫓《やぐら》を背負った芝居小屋の正面には、勘亭《かんてい》流の文字で『勧進帳』と書かれた大《おお》名題《なだい》看板が掛かっている。

小屋の内も外も人で埋まり、河原崎座の周辺は押すな押すなの賑《にぎ》わいだった。

「今日も満員札止め、小屋に近づくのも難しゅうござる」

肩を落とす源右衛門を尻目に、蔵人介は人の流れに目を凝らす。

「あっ」

小屋を素見《ひやかし》する野次馬のなかに、何故か、志乃と幸恵のすがたをみつけた。

向こうもこちらを目敏くみつけ、人の波を泳ぐように近づいてくる。

かたわらの串部が、申し訳なさそうに囁いた。

「うっかり口を滑らせましてな、カピタンのお出ましをおふたりにお教えしたのでござる」

「余計なことをしおって」

志乃たちは居ても立ってもいられず、カピタンのすがたを拝みにきたのだ。

「遊びではないのだぞ」

「はあ。されど、おふたりの喜ぶお顔がみとうなりましてな」

主従が会話を交わしているあいだに、志乃と幸恵のすがたは波に溺れたようにみえなくなった。

フランディソンは軽妙な木戸芸者の言立《ことだて》に導かれ、小屋のほうへ近づいていく。

一行の先導役は佐倉藩の藩士たちで、御番頭の兵藤から「藩の面目を守るのだぞ」と厳命されていた。

蔵人介と串部は左右からフランディソンを守り、卯三郎はしんがりでコンタと肩を並べている。コンタは顔を頭巾ですっぽり覆っていたが、どれだけ身を縮めても七尺の巨軀を隠しおおせるものではない。

「蘭人だ。蘭人がおるぞ」

誰かが叫んだ。

お忍びの一行は、すぐさま、野次馬たちに囲まれた。

小屋の木戸口に群がっていた人々が、一斉に後ろを振りかえる。

輪になった人垣のなかには、目つきの鋭い浪人どものすがたもあった。

「九郎判官《くろうはんがん》に似ておらぬとや。いやさ、似ておろう」

突如、小屋のほうから疳《かん》高い声が響いてきた。

人垣が左右に割れ、弁慶に扮した筋隈車鬢の男が飛び六方で迫ってくる。

「雑魚《ざこ》め、退けい」

盾になった藩士ひとりが、どんと足蹴《あしげ》にされた。

「ぬりゃ……っ」

弁慶は腰の刀を抜きはなち、フランディソンに斬りつけてくる。

すかさず、串部が躍りでた。

刀を抜いて身を沈め、刃を峰に返すや、弁慶の臑に叩きつける。

「のげっ」

弁慶は激痛に顔を歪め、地べたを転げまわった。

野次馬たちは散ったが、卑しい風体の浪人どもが刀を抜き、四方から斬りかかってくる。

「攘夷じゃ。カピタンを痛めつけろ」

惣髪の男が声高に叫び、前へ押しだしてきた。
手には「雀舌《すずめした》」と称する短い槍を携えている。
これを頭上で「ぶん」と振りまわすや、旋風が巻きおこる。
かなりの遣い手だ。
目と目が合った。
突如、穂先で突いてくる。
避けずに脇の下で捉えると、ぱっと手を放した。
蔵人介は蹌踉《よろ》け、不覚にも尻餅をついてしまう。
「殿、大事ござらぬか」
串部が手を差しのべた。
「わしのことはよい。カピタンを守れ」
惣髪の男は懐中から、鉤縄《かぎなわ》を取りだす。
はっとばかりに土を蹴り、二間余りも跳躍してみせた。
そして、中空から蔵人介に鉤縄を放ってくる。
「ねいっ」
咄嗟《とっさ》に「雀舌」の穂先を繰りだした。

穂先が鉤縄に搦めとられ、槍は男の手に戻る。
忍びのごとく体術に優れた刺客だ。
混乱のなかでやり合うのは、どう考えても得策ではない。
「逃げろ」
蔵人介はフランディソンの腕を取り、白刃が林立するなかを駆けぬけた。
串部や大通詞、佐倉藩の藩士たちも追いすがってくる。
同心たちは野次馬から揉みくちゃにされ、糞の役にも立たない。
蔵人介は正面から迫る敵を素手で払いのけ、河岸のほうへ逃れた。
川を背にすれば、少なくとも背後からの攻撃は防ぐことができる。
長柄刀を抜きはなち、襲ってくる浪人どもを峰打ちで退けた。
敵の数は、少なく見積もっても二十は越えていよう。
惣髪の男に命じられ、カピタン誅殺《ちゅうさつ》という目途を遂げようとしているのだ。
やがて、串部たちも加勢に来ると、浪人たちの数は減っていった。
扇動していた惣髪の男も、いつの間にか、すがたを消している。
「小舟を調達できました。さあ、フランディソンさま、こちらへ」
川縁から叫んでいるのは、長崎屋源右衛門であった。

蔵人介はフランディソンを守って小舟に乗りこみ、ほかの連中は岸辺で新手を食いとめる。

「殿、お行きくだされ。ここはお任せを」

「頼んだぞ」

船頭が棹を挿すと、小舟はすうっと川岸から離れた。

追いかける浪人の襟首を串部が摑み、川に投げつける。

ぼんと、水柱が立ちのぼった。

小舟は軽快に水を切り、川岸から遠ざかっていく。

「コンタ……」

フランディソンは船縁にしがみつき、心配そうに漏らす。

大通詞によれば、フランディソンは日本へ来るまでの航海で、危ういところを何度かコンタに救われた。それ以来、守り神のようにおもっているのだという。

安否を気遣うのはわかるが、今はフランディソンの命を守るのが先決だ。

卯三郎がコンタの命を守ってくれるものと信じ、ふたりの無事を祈るしかない。

半刻もせぬうちに、一行は長崎屋へ戻ってくることができた。

疲れきった源右衛門が、心底から安堵の溜息を吐く。

「おかげさまで命拾いをしました。フランディソンさまも心から感謝の意をお伝えしてほしいとの仰せです。されど、従者の行方とご子息の安否が案じられまする」

日没から数刻経っても、ふたりは戻ってこなかった。

戌《いぬ》ノ五つ頃に戻ってきたのは、探索におもむいた串部である。

「おりませぬ。襲ってきた連中も、ひとり残らず消えてしまいました」

「さようか」

と、そこへ。

ぎしぎしと、大八車の軋みが聞こえてきた。

蔵人介と串部は、弾かれたように長崎屋の外へ飛びだす。

騒がしい気配を察し、源右衛門やフランディソンたちも飛びだしてきた。

ひとつさきの辻を凝視していると、大八車が牛の角を出すようにあらわれた。

重そうに牽《ひ》いているのは、卯三郎にまちがいない。

「あっ、若殿」

串部が駆けだし、大八車の後ろにまわる。

残った連中が唾を呑みこむなか、大八車が長崎屋のまえに到着した。

「ご心配をお掛けしました」

汗だくの卯三郎が、にっこり笑ってみせる。

荷台の荷が、覆われた菰《こも》の下でもぞもぞ動いた。

卯三郎が菰を除けると、コンタがすっと身を起こす。

驚いたような顔で、あたりをきょろきょろみまわした。

「おお、無事であったか」

主人のすがたをみつけた途端、コンタはしくしく泣きだした。

卯三郎と串部も涙ぐみ、しきりに洟《はな》を啜《すす》る。

源右衛門たちは手を取りあい、我が事のように喜んだ。

まことに面倒臭い一日ではあったが、みなの絆が深まったことをおもえば、芝居町に繰りだしてよかったかもしれぬと、蔵人介は考えていた。

六

この日の出来事は北町奉行所に報告されたが、町奉行の判断で表沙汰にはされずに済んだ。

北町奉行は今月二日に就任したばかりの遠山左衛門尉景元である。

蔵人介とは勘定奉行のころからの腐れ縁で、何度か厄介事を頼まれたこともあった。

じつは、カピタン一行の外出に関しては、遠山が「そんなに行きたきゃ行きゃいい」と面倒臭いながらも認めてしまった経緯《いきさつ》があり、騒ぎが大きくなるのを避けたかったのだ。

防にしたがった同心たちも、ほっと胸を撫でおろした。

一方、フランディソンは『勧進帳』をどうしてもあきらめきれないようで、源右衛門を呼んでは観劇できる方法はないものかと尋ねて悩ませた。

そうした折、佐倉藩の兵藤帯刀からおもいがけないはなしが持ちこまれた。

堀田正睦公が広尾《ひろお》の下屋敷において、カピタンのために能を催すという。庭に篝火《かがりび》を焚いて舞台を築き、観世流の能楽師を呼んで『安宅』を舞わせるのだ。山伏に身を窶《やつ》した義経主従が安宅の関で関守に素性を疑われる『安宅』は、歌舞伎で演じられる『勧進帳』のもとになった能にほかならない。フランディソンは一も二もなく、正睦公の招待を受けた。

十日午後、一行は広尾の佐倉屋敷へ向かった。

木挽町の騒動から二日後のことである。

蔵人介はおもうところあって、卯三郎を随行させる許しを得た。

天鵞絨の燕尾服を纏ったカピタンはお忍びではなく、今日は堂々と煌びやかな行列を組んでいく。

道筋はいくつか考えられたが、やはり、鎧の渡しから船を仕立てて進むことにした。

ただし、海路は波が高いので避け、汐留《しおどめ》橋で一度陸《おか》にあがって東海道を南下し、金杉《かなすぎ》橋でふたたび船に乗って新堀《しんぼり》を遡《さかのぼ》る。

この新堀とは渋谷川《しぶやがわ》のことだ。堀田備中守の下屋敷は鷹狩りにも使われるほど広大で、夜になれば山狗が徘徊《はいかい》する広尾原のただなかにある。塀から一歩外に出れば何とも物淋しいところだが、屋敷に宿泊させてもらうので夜道を戻る心配はない。

一行は御番頭の兵藤に先導され、表門を潜りぬけた。

裃の重臣たちが表口に並び、恭《うやうや》しく出迎えてくれている。

屋敷にあがると大広間へ通され、すぐさま、正睦公があらわれた。

堂々たる体軀に羅紗の着物がよく似合う。

若々しくも華やいだ風貌に惹《ひ》かれたのか、フランディソンも眸子を細めた。

「ようこそ、お越しくだされた」

正睦公のかたわらに目を向ければ、若衆髷の小姓が鳥籠を手にしている。

色鮮やかな鸚鵡が小首をかしげてみせた。

「こやつ、愛嬌がある。家祥公もお気に入りでな、できれば、もう一羽所望したいのだが」

正睦公の申し出に、フランディソンは微笑んだ。

「手配いたしましょう」

「ほっ、さようか、ありがたい。されば、後ろをご覧《ろう》じろ」

つぎの瞬間、閉まっていた背後の襖が左右に開いた。

広大な庭が眼前にあらわれる。

「おお、すばらしい」

フランディソンたちは感嘆した。

瓢箪池に築山《つきやま》もあり、遠くに赤い太鼓橋もみえる。

しかし、何といっても圧倒されるのは、広縁の向こうに築かれた能舞台であった。

大松の植えられた背景の庭が、そのまま、借景《しゃっけい》になっている。

左右に篝火が設《しつら》えられ、もちろん、橋懸《はしが》かりもあった。

「いかがかな。お望みどおり、能舞台をつくらせましたぞ」

まっさきに早見が飛びだし、藩士四人がつづく。
卯三郎は少し遅れ、五人目の背中を追いかけた。
早見はとんでもなく疾《はや》い。
ほかの四人も予想以上に疾く、卯三郎はどんどん引きはなされていく。
蔵人介は顔をしかめた。
正睦や重臣たちは大はしゃぎだ。
早見の一周目が終わりかけたとき、異変が起こった。
末席に控えていたコンタが駆けだしたのだ。
「おお」
正睦公が眸子を瞠った。
重臣たちも前のめりになる。
まるで、黒い旋風が吹きぬけたかのようだった。
コンタは尋常でない疾さで遠ざかり、池の向こうに消えてしまう。
フランディソンは自慢げに胸を張った。
従者の脚力を熟知しているのだ。
「おそらく、コンタはほかの六人に追いつくでしょう」

と、大通詞を介して正睦公に伝える。
「よし。追いつくことができたら、あの者に褒美を与えよう」
殿様は余裕の笑みでこたえ、庭に目を貼りつけた。
二周目の順位は変わらず、三周目で順位が変わった。
卯三郎が五番目に走っていた藩士を追いぬいたのだ。
さらに、四周目でふたり目を抜き、五周目で三人目と四人目を抜く。
卯三郎の頑張りに、誰もが喝采を送った。
だが、早見の背中はまだみえない。
逆しまに、後ろからコンタが迫ってきた。
「行け、抜きされ」
すでに、四人の藩士を追いぬいている。
卯三郎の行く手には、能舞台があった。
ちょうど六周目に差しかかったとき、コンタに追いぬかれた。
突風が袖をかすっていったかのようだった。
歯を食いしばり、黒い背中に追いすがる。
しばらくすると、早見の背中がみえてきた。

が、まだ遠い。

どうあがいても、コンタには従《つ》いていけない。

息が苦しくなり、足も空回りしはじめた。

もういかん。

あきらめて気を抜いた途端、一丁近くも突きはなされた。

遥か前方で、早見がコンタに抜かれている。

六周終わったときには、コンタが早見を半周余りも突きはなしていた。

さらに、早見から半周遅れて卯三郎が駆けこみ、ほかの四人がつづく。

卯三郎たち六人は駆けこんだ途端に倒れたが、コンタだけは平然としていた。

「化け物じゃな」

正睦公は大いに褒め、コンタに反物を下賜《かし》した。

フランディソンは鼻高々だ。

江戸に来てもっとも誇らしいひとときだったにちがいない。

やがて、夜の帷《とばり》が降りるとともに、宴《うたげ》や観能がつづいていった。

しかし、カピタン一行もふくめて列席した者たちの心をとらえたのは、余興におこなわれた駆け競べのほうであった。

七

翌日から、コンタは卯三郎に走り方を伝授してくれるようになった。

今では通詞がおらずとも、身振り手振りで意志を伝えあうことはできる。ふたりはすっかり、打ち解けあっていた。

木挽町の騒動でともに死線を潜りぬけてきたことが大きかった。

時の鐘を撞《つ》く鐘楼堂の裏手へ忍びこみ、朝未《まだ》きから周辺の道を走りはじめる。

「腿をあげよ。もっと、もっと」

コンタは、みずから走ってみせた。

そのすがたは美しく、草原を駆けぬけるしなやかな獣のようだった。

「手を振れ。大きく、もっと大きく」

コンタの走り方は、卯三郎とは根本から異なっている。

爪先で地面を強く蹴り、腹に触れるほど膝を突きあげ、力強く前へ進む。

その方法だと、駆けていくうちに、ぐんぐん加速がついていくように感じられた。

幼いころから摺《す》り足を習得してきた卯三郎にとって、腿をあげて走るのは難しい。

すぐにやれと命じられても、からだが言うことを聞かなかった。

それでも数日経つと、骨法《こつ》らしきものがわかってきた。

コンタも粘り強く教えてくれた。

むしろ、教えることが楽しいようで、目はいつも笑っていた。

肌の色はちがっても同じ人間なのだと、卯三郎はあらためておもった。

コンタは象や駱駝《らくだ》のごとき見世物ではない。

齢も同じくらいだとわかり、なおさら、親しみが増した。

——ごおん、ごおん。

寅ノ七つを報せる捨て鐘とともに、ふたりは鐘楼堂を飛びだし、露地から露地へ走りぬけた。

カピタンからも禁じられていたが、市中の大路を駆けぬけ、通行人たちの度肝を抜いた。彼岸桜が散るなかを駆け、枝垂《しだ》れ桜を避けるように駆けた。ひと呼吸で両国《りょうごく》の大橋を渡りきり、一重桜が霞《かすみ》と咲く墨堤《ぼくてい》を向島《むこうじま》のほうまで駆けていった。

コンタの背中を追いかけ、卯三郎は風になった気分を味わった。

「黒い化け物が市中を駆けぬけている」

そんな噂が広まり、読売にも書かれるようになった。

カピタンのもとへは自重《じちょう》を促す長崎奉行の使者が訪れたりもしたが、コンタと卯三郎は走るのをやめなかった。

ある日、コンタは神田川の土手に座り、夕焼け空を仰ぎみた。

通詞がいなくても、簡単なはなしは通じるようになっている。

コンタは川に群れ飛ぶ鳥を指さし、鳥の名を尋ねてきた。

「千鳥《ちどり》さ」

こたえてやると、懐かしそうな顔で「チドリ」と繰りかえす。

ひょっとしたら、生まれ故郷にも似たような鳥がいたのだろうか。

コンタはうなずき、眸子を潤ませた。

親兄弟のことを思いだしているのだと、卯三郎はおもった。

見も知らぬ国の貧しい村で、食うや食わずの暮らしをしていたのだ。幼い弟や妹を食べさせるためには、身を売らねばならなかった。重い荷を背負う荷役夫として、あるいは、異国の人々を楽しませる見世物として、阿蘭陀人の奴僕《ぬぼく》になるしかなかったにちがいない。

肉親と別れる辛さは、卯三郎にも痛いほどわかる。

「フランディソンさまには感謝している」

と、コンタはつぶやいた。

「売られたこと、後悔はしていない」

大きな帆船で大海原に漕ぎだし、見知らぬ国へも行くことができる。

この目でめずらしいものをみて、習俗の異なる人々とも交流できる。

何といっても、この国でおまえに出会えた。

「ウサブロウ、友と呼んでもよいか」

コンタは真剣な目を向けてくる。

「友」

卯三郎は小首をかしげた。

あらためて問われるまでもない。

すでに、ふたりは固い絆で結ばれているではないか。

「ふふ、その頭、おもしろいな」

コンタは卯三郎の髷を指さし、えらくおもしろがった。

すっと立ちあがり、長い脚で土手を駆けおりていく。

「待て」

卯三郎は、コンタの背中を追いかけた。

この日、ふたりは約束したのだ。

ともに「佐倉遠足」に参じようと。

「もちろん、走る」

コンタは力強く応じた。

「手加減はしない。一番になる」

「させるか。一番になるのは、このわしだ」

卯三郎は鼻息も荒くこたえた。

本気で言ったのだ。

今度こそは負けぬと、胸に誓った。

かけがえのない、夢のような時であった。

八

弥生十五日、城内ではちょっとした議論が巻きおこっていた。

「何っ、カピタンの従者が府内を走るだと。そんなことが許されてなるものか」

幕閣のお歴々は評定《ひょうじょう》のなかでも、この話題を真剣に討議したらしい。

従者の参加どころか、遠足そのものに異を唱える殿様もあった。

水戸藩の斉昭公である。

「町人どものまえで駆け競べなど、恥ずかしいとおもわぬのか。怪しからん、武士を愚弄《ぐろう》しておる」

城中に響きわたるほどの声を張りあげたが、将軍家慶の鶴の一声で黙らざるを得なかった。

「面白いではないか。どうせ、花見の余興じゃ。カピタンの従者も走らせよ」

佐倉藩主催の遠足は五日後、すでに読売などでも大きく宣伝され、武士も町人も首を長くしてその日を待っていた。

一方、蘭人を排斥《はいせき》しようとする圧力も高まった。

なかでも、過激な水戸学の師範であり兵法家でもある榊原瑞雲《さかきばらずいうん》は、辻々で「攘夷」を訴えた。水戸家のお偉方とも通じていると噂される人物なので、町奉行所の役人たちもおいそれと取り締まることはできない。

新米奉行の遠山景元としても、頭の痛いところだ。

瑞雲は門弟たちを扇動し、長崎屋周辺でも抗議をおこなうようになった。

佐倉藩の兵藤も頭を抱えている。

「瑞雲なる者、何故、ああまで執拗に訴えるのか。矢背どのには理由がおわかりか」

蔵人介は問われ、首を捻った。

「されば、お教えしよう。後ろ盾に水戸藩の御用商人がついておるのだ。広州《こうしゅう》屋と申してな、本業は廻船《かいせん》問屋だが、唐《から》渡りの更紗なども扱《あつこ》うておるらしい」

蘭船と唐船が外洋上で張りあっているのは紛れもない事実で、それは江戸幕府開《かい》闢《びゃく》のころからつづいており、唐船にとって最大の商売敵はつねに蘭船であった。

「それゆえ、どうにかして蘭国をわが国から追いだしたいと、広州屋はかねてから狙っておるのだ」

あくまでも、憶測の域を出ないはなしだ。にわかには信じがたい。

そうした蔵人介の様子を察したせいか、兵藤の口調は熱を帯びた。

「蘭国は何よりも銅を欲しておる。銅を得るために幕閣のお歴々へ進物を贈り、反物や砂糖をもっと買ってほしいと頼んでおるのだ。されど、それだけではない。領内に良質な銅鉱山を抱える秋田《あきた》などの藩と、秘かに談判におよんでいる節もあってな」

四年に一度の朝貢《ちょうこう》は、ただ幕府から命じられて参府するだけのものではなかった。

蘭国にとってみれば大きな商談を結ぶ好機であり、全権を委任されたカピタンは本国の期待を一身に背負っている。商談が首尾よくまとまらぬときは、数々の特権を有するカピタンの職を解任されることも覚悟しなければならなかった。

したがって、江戸にいるあいだは、できるかぎり多くの有力者たちに会う。

蘭癖大名の正睦公はフランディソンに橋渡しを期待されており、商談をまとめるにあたって鍵を握る人物と目されていた。

ただ、どれだけ裏事情を説かれても、蔵人介は関心を向ける気にならない。

あと数日で滞在期間は終わりを迎え、カピタン一行は江戸をあとにするのだ。

無事に出発のときが来さえすればそれでよい。ほかに格別な望みはなかった。

ところで、カピタンたちはしきりに牛肉を食べたがった。

長崎屋の主人がすぐに用意できるのは、鶏の肉しかない。

それでも、軍鶏《しゃも》は気に入ったようで、毎晩のように軍鶏鍋を所望した。

魚も嫌いではない。

長崎は魚の宝庫なので、生魚も食べられる。

むしろ、好んで口にするので、主人の源右衛門も胸を撫でおろした。

食事は歴代のカピタンもお気に入りの料理人が、腕によりを掛けてつくる。

源右衛門は料理人に信頼を寄せていたが、来訪者のなかには手土産に食べ物を持参する者もあった。あるいは、名の知られた料理茶屋にあらかじめ仕出しを頼んでおく気の利いた者もいる。

今日の昼餉も『魚清《うおせい》』という神田の老舗から仕出しの差入れがあった。

カピタンと随員三人ぶんである。

誰が頼んだのかは、わからない。

携えてきたのは見慣れぬ若い衆だが、岡持《おかもち》に『魚清』と墨書きされていたので、源右衛門も料理人もありがたく頂戴したという。

塗りの箱に盛ってあったのは刺身や煮物で、みるからに美味そうだった。

市毛甚内《いちげじんない》なる町方同心のひとりから「岡持を携えてきた若い衆は旧知の者なので安心するように」との口添えもあった。

それなら、やはり、カピタンに供する昼餉にしようと相談がまとまった。

仕出しは二階へ運ばれたが、蔵人介は片隅からその様子を眺めていた。

気になったのは、何かが皿のうえを転がる音だ。

料理人に尋ねてみると、皿のひとつに「紅白の霰《あられ》がはいっていた」という。

桃の節句も疾《と》うに終わったのに妙だなとおもい、串部を呼んで耳打ちをした。

串部は怪訝な顔をしつつも、店の番頭を連れて裏手の蔵へ向かった。

蔵人介は二階へ向かい、仕出しの運ばれた部屋へ踏みこむ。

「矢背どの、いかがなされた」

大通詞の中山に声を掛けられたが、応じもせずに仕出しの蓋を外した。

「あっ、何をなさる」

源右衛門の声を聞きつけ、隣部屋からフランディソンたちもやってくる。

蔵人介は皿に載った霰を摘み、鼻に近づけてみた。

そこへ、串部と番頭がやってきた。

「さすが殿、よう肥えた鼠が仕掛けに掛かっておりましたぞ」

籠のなかで暴れる鼠をみて、フランディソンも源右衛門も眉をひそめる。

蔵人介は皿を取り、籠のなかへ霰をざっと入れた。

鼠は当初こそ警戒していたが、少し離れて眺めていると、霰を手に取って齧りはじめた。何個か齧ってさかんに口を動かしていたものの、唐突に動きを止め、その場に横たわってしまう。

串部が箸で突っついても、まったく反応しない。

「逝っちまった。殿、この霰、もしや」

「猫いらずだ」

医師のケイデが興味深そうに顔を寄せ、霰を手に取って鼻に近づけた。

「もしや、砒石《ひせき》でしょうか」

小通詞の植村が蘭語を和解する。

蔵人介がうなずくと、フランディソンが胸に手を当てた。

「さすが、矢背さま。危ういところを救っていただいた」

後ろに控える源右衛門も、床に手をつくほどの勢いで謝罪する。

毒入りの仕出しは、すぐに処分された。

蔵人介はお辞儀をして部屋を出ると、一階に下りて脇目も振らず同心部屋へ向かう。

仕出しに口添えした市毛のもとへ近づき、ものも言わずに襟を摑んで捻《ね》じりあげた。

「……く、苦しい……は、放してくれ」

言われたとおりに放してやると、市毛は腰の刀を抜こうとする。

蔵人介はすかさず身を寄せ、刀を奪って刃を首筋にくっつけた。

「同心のくせに、刃引きもしておらぬのか」

隠然とした迫力が、市毛を身震いさせる。

蔵人介はあくまでも、冷静な口調でつづけた。

「おぬしが口添えした仕出しに、猫いらずが仕込まれておったぞ」

「えっ……ま、まさか」

「毒のこと、知らなんだのか」

「知らぬ。猫いらずなど知らぬ」

どうやら、嘘ではなさそうだ。

蔵人介は何をおもったか、市毛の袖口に手を突っこむ。

摑んだのは、三枚の小判だった。

「これは何だ」

反対の手で握った刃を、首筋に強くあてがう。

市毛は降参し、仕出し屋の若い衆から口添えを頼まれたと白状した。

「口添えだけで三両も貰って、何ひとつ疑わなんだのか」

「疑いはした。されど、まさか、毒がはいっておるとはおもわなんだ。信じてくれ」

三両という餌が判断を狂わせたのだ。

いずれにしろ、カピタンが命を狙われたのは事実だった。

市毛は北町奉行所の当番方なので、串部を呉服橋《ごふくばし》へ使いにやった。

遠山にいち早く、配下の落ち度を教えてやらねばなるまい。

一刻ほどして、串部が得意顔で戻ってきた。

後ろには何と、捕り方の一団を率いている。

指揮を執《と》る丸顔の男は着流しで、陣笠も陣羽織も着けていない。

「よう、鬼役の旦那」

気軽に声を掛けてきた。

遠山本人である。

「おめえさんにゃ、挨拶しようとおもっていた。つい先日、町奉行を仰せつかってな。おっと、知らねえはずはねえか。臑斬りが得意の手下を使わしたくれえだかんな。でもよ、おめえさんがカピタンの防をやらされているたあ、おもってもみなかったぜ。知ってりゃ、いの一番で挨拶にきてやったによ」

主人の源右衛門が顔を出し、遠山の顔をみるなり、腰を抜かしそうになる。

「これはこれはお奉行さま、御自らお出ましになるとは恐悦の極みにございまする」

「長崎屋か、このくそ忙しいのに来てやったぜ」

「お待ちを。カピタンを呼んでまいります」

「いいや、それにゃおよばねえ。城中でしかと目に入れた。それに、この風体をみろ。事を荒立てたくねえから、着流しで忍んできたのさ」

「はあ」

「同心の不始末はこっちでつける。代わりに信頼のおけるやつらを連れてきた。そいつらを置いていくから、猫いらずのことは忘れろ」

「かしこまりました。お奉行さまのお指図どおりにいたします」

「よし」

遠山が顎をしゃくると、捕り方が項垂《うなだ》れた市毛を連れてきた。

「おい、市毛」

呼ばれて顔をあげた市毛に、遠山はおもいきり平手打ちをくれる。

ぶっと、鼻血が飛んだ。

「てめえ、おれの顔に泥を塗りやがったな。ふざけんなよ」

捕り方の連中が縮みあがるほどの勢いで毒づき、蔵人介のほうへやってくる。

「へへ、おめえさんのことだ。どうせ、このままじゃ済まさねえ気だろう。手助けするのはやぶさかじゃねえが、お手柔らかに頼むぜ。正直に言わせてもらえりゃ、カピタンの面倒なんざみている暇はねえ。そんでも、死なせるわけにゃいかねえんでな」

丸顔に向かって、蔵人介は問いかけた。

「毒を仕込んだ者に心当たりはござりませぬか」

遠山は真顔になり、じっと睨みかえしてくる。

「ねえわけじゃねえ。でもな、そいつはちょいと厄介な相手だ。無理をすりゃ、こっちの首が危なくなる。へへ、わかってくれるかい。上手に立ちまわるのが町奉行ってもんなのさ」

遠山らしくもない台詞を口走り、けらけら笑いながら去っていく。

残った同心ふたりは、厳《いか》めしげな顔で長崎屋の内外を調べはじめた。

ともあれ、遠山の関心を向けさせただけでも、よしとせねばなるまい。

蔵人介はこの日を境に、フランディソンから毒味御用を頼まれることとなった。

九

仕出し屋の若い衆らしき男が、藍染川《あいぞめ》の堀留に浮かんだ。

どうやら、鋭い刃物で胸をひと突きにされたらしい。

死人が出た以上、町奉行の遠山も乗りださざるを得なくなったが、配下の同心が関わっているため、表だって動くことはできない。

代わりに下手人を捜してはくれまいかと、蔵人介は秘かに頼まれた。

屍骸《むくろ》になった若い衆は金に困っており、素姓の怪しい連中に脅されていた。

遠山はそうした小悪党のひとりを捕まえ、責め苦を与えて毒を仕込ませた黒幕とおぼしき者の名を吐かせた。

「漏れた名は広州屋惣兵衛《そうべえ》だ」

たしか、兵藤のはなしにも出てきた。

広州屋は水戸家の御用達《ごようたし》、廻船問屋を営んでいる。

ただし、若い衆を脅した小悪党の証言だけでは物足りない。言い逃れのできる余地はいくらでもあったし、無理に縄を打てば水戸家にねじこまれるのは目にみえていた。

遠山はそれもあって、蔵人介に相談を持ちかけたのだ。

広州屋の店は中ノ郷《なかのごう》の瓦町《かわらまち》にある。

瓦焼場に戻って源兵衛《げんべえ》橋を渡れば、小梅《こうめ》村に水戸藩の下屋敷が控えていた。

辺り一帯は田畑で、田畑の北には三囲《みめぐり》稲荷の杜《もり》もみえる。

店を訪ねてみると、風体の怪しい侍たちが出てくるところだった。

「浪人者でござりますな。どうせ、金で雇われた連中でしょう」

と、従者の串部が言った。

侍たちの目途は判然としない。何か企みがあることはあきらかだ。

「出直すか」

蔵人介は踵を返し、近くの損料《そんりょう》屋で鬘《かつら》と古着を借りうけた。

「上手く浪人に化けましたな。拙者も」

鬘を借りようとする串部に、あっさり言ってやる。

「おぬしはよい。そのままで充分だ」

ふたりは広州屋へ舞いもどり、今度こそ敷居をまたいだ。

応対にあらわれた小狡《こずる》そうな男は番頭だという。

串部がずいと前に出た。

「こちらで腕利きの侍を捜しておると聞いたのだが」

番頭は値踏みするように、串部と後ろの蔵人介を眺める。

「生半可な腕では、お雇いできませぬぞ」

「何だと」

気色《けしき》ばむ串部を、蔵人介が止めた。

番頭はつづける。

「お試しさせていただいても」

「かまわぬ」

蔵人介が返事をすると、番頭は奥へ引っこんだ。

恰幅のよい商人が、偉そうな惣髪の男を連れてくる。

蔵人介と串部は一瞬、顔を見合わせた。

木挽町の騒動で斬りあいになった相手だ。

「手前が広州屋惣兵衛にござります」

広州屋は座りもせず、惣髪の男にうなずく。

男は一歩踏みだし、串部を睨みつけた。

さらに、蔵人介に目を移し、おやという顔をする。

気づいたにちがいない。

「おぬし、名は」

居丈高に発し、血走った目で睨《ね》めつけてくる。

「八十島内蔵助《やそじまくらのすけ》」

と、蔵人介はこたえた。

「ふん、八十島か。わしは榊原瑞雲じゃ」

眼前の男こそ、カピタンを目の敵にしている兵法家なのだ。

「おい、雀舌を持ってこい」

瑞雲は振りむき、番頭に命じた。

番頭は奥へ引っこみ、短槍を携えてくる。

使い慣れた雀舌を手にするなり、瑞雲は頭上で振りまわした。

――ぶん。

刃風に襲われ、串部が首を引っこめた。

「ぬはは、深甚流《しんじん》の雀舌じゃ」

「ぬがっ」

串部は腰の刀を抜き、水平に斬りつける。

――きいん。

雀舌の柄に阻まれ、刃の一部が欠けた。

どうやら、柄は鉄《くろがね》でつくってあるらしい。

強烈に手が痺《しび》れたのか、串部は渋い顔になる。

「ふうん、柳剛流の臑斬りか。おぬし、ちと使えるかもしれぬ。されば、後ろのほうはどうかな」

蔵人介は煽《あお》られ、すっと身を沈めた。

「ん、居合か。おぬし、鬼役の矢背蔵人介であろう。化けてもわかるぞ。芝居町で目にしたゆえにな。おぬしのことは、ちと調べさせてもろうた。驚いたぞ、御前試合で商館長《カピタン》の従者を負かした男と聞いてな」

瑞雲は雀舌を引っこめた。

「高力房之助に聞いたのじゃ。おぼえておろう。黒助に負けた水戸家の家臣じゃ。高力はわしの愛弟子でな、あやつめ、水戸家の面目を潰しおって、どうなったとおもう。切腹を申しつけられ、逐電《ちくでん》しおったわ。くふふ、黒助ばかりか、おぬしのことも恨んでおったぞ。おいしいところを攫《さら》いおったとな」

逆恨みだ。高力のことなぞ、どうでもよい。

「瑞雲とやら、木挽町でカピタンを襲ったのは、おぬしの一存か」

「ふふ、鬼役が浪人に化けて、何を探っておる。もしや、目付の密偵《いぬ》か」

「いいや」

「ならば、誰の命で動いておる」

「誰の命でもない。カピタンのお毒味役を仰せつかる身として、問うておかねばならぬことがある」

「何だと。おぬし、カピタンのもとで、さような役目を負っておるのか。けっ、情けないのう。それでも武士か」

「おぬしには関わりのないことだ」

「で、何が聞きたい」

「仕出しに毒を仕込んだこと、そして、仕出し屋に化けた男をその雀舌でひと突きにしたこと、素直に認めたらどうだ」

「認める莫迦がおるか。疑うなら、刀で挑んでまいれ」

瑞雲は雀舌を掲げ、またも頭上で旋回させる。

「串部、行くぞ」

立ちむかおうとする串部の襟を摑み、蔵人介は敷居の外へ出た。

「誰か、塩を撒《ま》いておけ」

広州屋の金切声が聞こえる。

「殿、このまま引っこんでよいのですか」

不満げな串部を無視し、大股でずんずん歩きはじめた。

どう考えても、あのふたりがカピタン暗殺の首謀者にまちがいない。

とりあえず、それがわかっただけでも充分だと、蔵人介は判断した。

十

鳥の鳴き声が聞こえる。

コンタは、じっと耳をかたむけた。

どうしても鳥のすがたがみたくなり、フランディソンには内緒で長崎屋から外へ抜けだした。

朝未き、町はまだ眠っている。

神田川の土手に沿って歩き、大きな川に出た。

「オオカワ」
卯三郎に教わった名だ。
駆け競べは明後日に迫っている。
卯三郎と走る光景を想像しただけで心が浮きたった。
東涯《とうがい》はうっすら白みはじめている。
眸子を細め、霞む川面を透かしみた。
千鳥はいない。
そのかわり、何者かの気配を感じた。
すぐそばだ。
しかも、ひとつやふたつではない。
尋常ならざる気配に、コンタは狩りをおもいだした。
村の男たちが総出で草原の動物を追うのだ。
「縞馬《しまうま》よりも疾《はや》く、獅子《しし》よりも獰猛《どうもう》に立ち向かえ」
と、父に教えられた。
村の男は狩りを通じて戦士になる。そのことを学んだ。
父は誇り高き部族の長《おさ》であったにもかかわらず、隣村との諍《いさか》いでひどい傷を負い、力を失ってしまった。村人たちは何処か別のところへ逃れていき、寝たきりの父と病気がちの母と幼い弟や妹だけが残された。

母は途方に暮れ、当座の食べ物を得るためにコンタを人買いに売った。

乾いた土地を何日も歩き、やがて、真っ青な海に出た。

はじめて目にする光景に胸をときめかせたが、それもほんの一時のことだった。

大きな湊の魚市場のようなところで競《せ》りにかけられ、蘭国の商人に買われた。

屈辱を感じたが、空腹を満たすことのほうが先決だった。

馬車馬のようにはたらかされ、荷役頭から鞭《むち》で打たれた。

肉が裂ける痛みは想像を絶するものだ。

辛い時期が何年かつづいたのち、運良くカピタンの従者となり、みたこともない異国の土を踏むことになった。

この国は好きだ。

自然は豊富だし、四季に応じて変化もするし、山海の幸は舌も心も満たしてくれる。

何と言っても、長崎の人々はみな優しかった。

だが、今この将軍のお膝元で、自分は狩りの獲物にされようとしている。

直感でそれがわかった。
コンタは立ちあがり、脱兎のごとく駆けだした。
――びゅん、びゅん。
すぐそばで、弦音が響く。
前後から、矢が飛来してきた。
「うっ」
一本の矢に、脹《ふく》ら脛《はぎ》を射抜かれる。
倒れたが、起きあがって足を引きずった。
こんなところで、死ぬわけにはいかない。
顔をあげると、土手の上に大勢の人影があらわれた。
侍と呼ばれる者たちだ。
コンタはその場に倒れ、動くこともできなくなった。
「ふん、血は赤いとみえる」
四角い顔の男が見下ろしてくる。
よく、おぼえていた。
城中で負かした相手だ。

名はたしか「コウリキ」といったか。

「黒助め、こうしてくれる」

ずこっと、足蹴にされた。

コンタは胸を踏みつけられ、相手を睨みつける。

「何じゃ、その目は」

高力は吐きすて、腰の刀をずらりと抜いた。

「くっ」

最後まで抗ってみせる。

コンタのなかに勇者の誇りが蘇った。

「ぬおっ」

獅子のように飛びかかる。

刹那、鼻先に白刃が煌めいた。

――しゅっ。

首筋を断たれ、血が噴きだす。

「うえっ、汚ねえ」

高力は返り血を浴び、悪態を吐いた。

コンタは痛みに耐えながら、その場に蹲《うずくま》る。

「……た、助けてくれ……ウ、ウサブロウ」

薄れゆく意識のなかで、友の名を呼んだ。

青い空を見上げると、千鳥の群れが飛んでいる。

何とも、美しい。

コンタがこの世で最後にみた光景だった。

十一

夕刻、長崎屋は悲しみに包まれた。

土手に捨てられたコンタの屍骸は夜鷹がみつけ、通報を受けた町方同心たちによって運ばれてきた。

「可哀相に」

フランディソンは嘆いている。

忠実な僕《しもべ》であるばかりか、試練つづきの航海で頼りになる男だった。

「おまえは友だ」

フランディソンは、物言わぬコンタに語りかける。書記のスヘッセンや医師のケイデも、おもいは同じだ。コンタの死を悲しまぬ者はいない。


やがて、北町奉行の遠山景元がいつもの着流し姿でやってきた。

長崎屋や通詞たちに向かい、苦虫を嚙みつぶしたような顔で告げる。

「ほんの半刻前、榊原瑞雲の門弟がひとり腹を切った。そやつは水戸家の下士でな、瑞雲が『カピタンにみせてやれ』と、首桶を携えてきやがった。生首をご覧になりたけりゃ運ばせるが、どうするね」

遠山が上目遣いにみつめると、フランディソンは困惑した顔をみせる。

「その必要はありません。事を大袈裟にしたくないと、カピタンは仰せです」

大通詞の中山が和解《わげ》すると、遠山はじっくりうなずいた。

そもそも、コンタは航海の途中で雇い入れた者ゆえ、本国にも報告する義務はないという。

遠山はフランディソンに背を向け、蔵人介のもとへ近づいてきた。

「これで一件落着と言いてえところだが、そうもいかねえらしい」

顎をしゃくったさきでは、卯三郎が途方に暮れたように佇んでいる。

「あれは、おめえさんの養子になるかもしれねえ若造だろう。カピタンの従者から走り方を教えてもらったそうじゃねえか」

防に残していった同心たちが報告したのだろう。

卯三郎は屍骸を瞬きもせずにみつめ、両方の拳を怒りに震わせていた。

遠山はあらためて、蔵人介に向きなおった。

「腹の虫がおさまらねえようなら、下手人の名を教えてもいい。ただし、おれから聞かなかったことにしてくれ」

「かしこまりました。されば、下手人の名をお教え願えませぬか」

「高力房之助。御前試合で恥を掻いた元水戸藩士だ」

逐電したとみせかけ、広州屋に匿《かくま》われていたらしい。

「高力は瑞雲の弟子だ。従者を殺《や》らせたな瑞雲だろうが、証拠はねえ」

証拠はいらぬ。

三人まとめて、あの世へおくるしかあるまい。

「若造も連れていくのかい。へへ、おれにゃ関わりのねえはなしだが、あの歳で血をみなきゃならねえってのも気の毒だな。もっとも、鬼役ってのは平気で人を殺めることができなくちゃ、つとまらねえんだろう。因果《いんが》な役目だぜ、まったく」

正直、卯三郎を連れていくかどうかは迷った。

私怨で敵討ちをやらせるわけにはいかぬからだ。

ただ、このまま放置しておけば、カピタンの身に危害がおよびかねない。

それゆえ、鬼役の使命として、悪党どもを成敗しなければならなかった。

遠山が囁いた。

「今宵、悪党どもは夜桜見物に繰りだすらしいぜ。今ごろは、柳橋《やなぎばし》の船宿さ」

広州屋の金で豪勢な屋形船を仕立て、大川へ花見に繰りだす算段だという。

「船宿の名は『松葉《まつば》』だ。ふん、おめえさんが何をやらかそうが、おれの知ったこっちゃねえ」

踵を返す遠山の背中に、蔵人介はお辞儀をする。

後ろをみれば、フランディソンも同じように頭を垂れていた。

十二

日没、川面は一瞬にして燃えあがる。

悪党どもを乗せた屋形船は『松葉』の桟橋を離れ、大川へ漕ぎだした。

紅蓮の川に刻まれた水脈《みお》を、一艘のうろうろ舟が追いかける。

大きな船に近づいて、食べ物を売る小舟のことだ。

うろうろ舟には、人影がふたつあった。

「若、舵《かじ》は任せましたぞ」

串部は船首に背を向けて座り、両手で櫂《かい》を操っている。

一方、船尾で舵を握るのは卯三郎の役目だ。

蔵人介はいない。

川面に浮かぶ花見船は多く、ともすれば紛れこんで見失いがちだが、広州屋の調達した船は畳敷きの大きな屋形船なので、見間違う心配はまずなかった。

串部は波に負けまいと、歯を食いしばって船を漕ぐ。

「首尾良くはこびましょうか」

卯三郎が不安げに吐いた。

すでに、周囲は翳《かげ》りつつある。

屋形船は川のまんなかを通りすぎ、徐々に対岸へ近づいていった。

墨堤には篝火が点々と築かれ、霞とたなびく夜桜が妖しげに浮かんでみえる。

「事が首尾良くはこぶかどうかは、卯三郎どのに掛かってござる。ただし、何度も申すようだが、これはカピタンの従者の敵討ちではない。あくまでも、お役目にござる。それを、ゆめゆめ、お忘れめさるな」

「わかっております」

鬼役の役目は毒味だけではない。奸臣を成敗するという密命も帯びている。志乃や幸恵も知らぬことだ。蔵人介が先代から引きついだ役目にほかならない。それゆえ、鬼役を継ぐ者は剣術に長じていなければならず、単に長じているだけではなく、人を斬る胆力を備えていなければならぬ。

「誰かを斬るのは、並大抵のことではござらぬ」

串部は釘を刺した。

「喜怒哀楽、あらゆる情を殺さねば、人を殺めることはできませぬ」

わかっている。コンタを亡き者にされた恨みや怒りは捨てねばならぬ。

私怨を抱えているようでは、的を討つことは難しい。仕損じる公算のほうが大きくなる。それは、蔵人介や串部が数々の経験から導きだした答でもあった。

「ただし、この試練を超えねば、鬼役を継ぐことはできませぬぞ」

とりもなおさず、それは矢背家の跡取りでなくなることを意味する。

首尾良くできようかと、卯三郎は自問自答を繰りかえした。

屋形船の大きな尻が上下に揺れてみえる。

波はかなり高い。

にもかかわらず、悪党どもは船上で芸者をあげ、莫迦騒ぎしているのだ。

対岸には夜桜が咲いており、船の向かうさきには吾妻《あづま》橋がぼんやりみえる。

「若、首尾《しゅび》ノ松《まつ》を過ぎ申した。そろりと、まいりますぞ」

串部は必死に櫂を操り、屋形船に近づいていく。

「迷わず一気呵成《いっきかせい》に片付けますぞ。さすれば、殿のお手を煩《わずら》わせることもなくなる」

「承知しました」

船尾が鼻先に迫っても、串部は櫂を握る手を弛《ゆる》めない。

うろうろ舟は黒い川面を滑り、がつっと屋形船に激突した。

「うわっ、何じゃ」

驚いた連中が屋根の脇から顔を差しだす。

船首の大破した小舟は、沈みかけていた。

「助けてくれ」

誰かが船底を櫂で叩いている。

串部だ。

「待ってろ」

船頭が必死に投網《とあみ》を投げた。

串部は投網に摑まり、船縁まで自力で上っていく。

船に乗りうつると、目のまえに瑞雲が立っていた。

怪訝な顔で覗きこんでくる。

「あっ、おぬしはあのときの……」

「うるせえ」

串部は身を沈め、両手で握った櫂をぶんまわす。

瑞雲はひらりと躱し、船首のほうまで飛び退いた。

「くそっ、逃したか」

「くせものめ」

高力房之助が抜刀し、横から斬りつけてくる。

その背後に、別の人影が迫った。

卯三郎だ。

反対の船舷《ふなばた》をよじ上ってきたのだ。

「殺《や》れ」

串部が叫んだ。

卯三郎は刀を抜かず、頭からぶち当たった。

「ぬわっ」

高力ともども折り重なるように倒れ、屋根を粉々に崩壊させる。

「きゃああ」

芸者たちが叫び、船首のほうへ逃げていった。

「寄るな、向こうへ行け」

同じく逃げていた広州屋が怒鳴った。

芸者のひとりは足蹴にされ、気を失ってしまう。

――ぐわん。

船が大きく揺れた。

「ふぇええ」

広州屋が船舷で足を滑らせ、串部の足許まで転がってきた。

「腐れ商人《あきゆうど》め」

串部は櫂を斜め右方に振りあげ、横振りに振りまわす。

「ひぎぇ……っ」
広州屋は櫂で熾烈に頬を叩かれ、ぐるんと首を一回転させた。
意志を失った藁《わら》人形と化して川へ落ち、そのまま沈んでしまう。
串部には一片の迷いもなければ、容赦もない。
水飛沫が撥ねあがるなか、船上は悲鳴の渦に包まれた。
屋根の外れた畳のうえでは、卯三郎が手こずっている。
抜刀の好機を逸したことで、逆しまに追いつめられていた。
「おい、後ろだ」
串部が加勢におよぶ。
振りむいた高力の向こう臑に、櫂をおもいきり叩きつけた。
――ばきっ。
櫂がまっぷたつに折れ、高力は這《は》いつくばる。
「若、とどめを」
鋭く言いはなっても、卯三郎は口をぽかんと開けていた。
すかさず、串部が身を寄せる。
高力から刀を奪いとり、胸をひと突きに貫いた。

瑞雲はじっと動かず、船首からこちらを睨みつけている。

崩れかけた屋形船は、ちょうど、吾妻橋の下に差しかかっていた。

「おぬしらの顔はおぼえた。あとで吠え面をかかせてくれる。それっ」

瑞雲は懐中から鉤縄を取りだし、宙高く放りなげた。

——がつっ。

鉤手が吾妻橋の欄干に引っかかる。

「さらばじゃ」

瑞雲は右手に縄、左手に短槍の「雀舌」を摑むや、ふわっと橋の上に舞いあがった。

十三

瑞雲は橋の上に下りたち、下手に流されていく屋形船を見送った。

「ふん、莫迦どもめ」

吐きすてたそばから、ごくっと唾を呑みこむ。

背後に殺気を感じたのだ。

振りかえると、丈の高い人影が立っている。

月代侍のようだが、暗すぎて顔はみえない。

「待ちくたびれたぞ」

人影が近づいてきた。

聞きおぼえのある声だ。

風が吹き、群雲《むらくも》の隙間から月が顔を出す。

端正な面立ちが、あきらかになった。

「うっ」

瑞雲は驚く。

「鬼役、矢背蔵人介か」

「さよう」

「見事だな、わしが橋へ逃れると読んだのか」

「そのとおりだ。おぬしの命はここで尽きる」

「莫迦を申すな。わしを誰だとおもうておる」

「金のためなら殺しも厭《いと》わぬ、ただの悪党であろう」

瑞雲は雀舌を小脇にたばさみ、ぐぐっと腰を落とした。

「おぬしごときに、わしの崇高な志はわかるまい。わしは徳川家、いや、この国のために必要な男なのだぞ」

「ふふ」

「何が可笑《おか》しい」

気色《けしき》ばむ瑞雲にたいし、蔵人介は静かに言った。

「他国の使者を愚弄し、いたずらに人々の不安を搔きたて、得手勝手に怒りを煽《あお》ることで世間の目をおのれに向けさせる。そんなやり方が通用するとでもおもうのか。おぬしは考えの足りぬ阿呆だ」

「わしの考えに賛同する者は多いのだぞ。そうした連中も阿呆だと抜かすか」

こたえるまでもない。

されど、騙された者たちには目を覚ます余地がある。

瑞雲は眸子を怒らせ、雀舌の穂先をしごいてみせた。

「カピタンなんぞの肩を持ちおって。おぬし、それでも日出《い》ずる国の侍か」

「侍ゆえに、筋を通さねばならぬ」

「どう、通すのだ」

「この世から毒を除く。それが役目」

「ぬへへ、やってみるがよい。わしはただの毒ではないぞ」

「深甚流を究《きわ》めておるのだったな」

流祖の草深甚四郎《くさぶかじんしろう》は塚原卜伝《つかはらぼくでん》と木刀で立ちあい、短い刀では負けたが長刀では勝ったと伝えられている。加賀前田家では御留《おとめ》流になったほどの流派で、太刀や槍のみならず、忍術をふくむあらゆる技に長じた者でなければ免状は与えられないとも聞いていた。

瑞雲の並々ならぬ自信には、それなりの裏付けがあるのだろう。

だが、蔵人介はすでに、相手の力量を見切っている。

「わしの雀舌に、おぬしの居合は通用せぬ。返り討ちにしてくれるわ」

瑞雲は短槍を頭上で旋回させ、凄まじい気合いを発した。

「きえぃ……っ」

青眼から、鋭い穂先が突きだされてくる。

蔵人介はこれを鬢《びん》の脇で躱し、すっと身を寄せた。

「ふん」

白刃が閃く。

体《たい》が入れかわった。

勝負は一瞬、生死を分かつ隙間は一毛《もう》もない。
蔵人介が抜いた刀は、もはや、鞘の内にある。
瑞雲が前屈みの姿勢で振りむいた。
口端を吊りあげ、にやりと笑う。
斬られた感触すらないのだろう。
「死ね」
雀舌を構えなおし、もう一度頭上に振りあげる。
ばっと、脇腹が裂けた。
「ひぇっ」
鮮血とともに、臓物《ぞうもつ》がぞろりと溢れだす。
瑞雲は驚愕し、その場にくずおれていった。

十四

弥生二十日、快晴。
沿道には大勢の見物人が詰めかけている。

卯三郎は増上寺《ぞうじょうじ》をあとにして、東海道を北へ向かっていた。

必死に駆けつづけ、先頭の集団に食らいついている。

集団を引っぱるのは、佐倉屋敷で駆け競べをした五人だ。

なかでも早見陽次郎ひとりが突出し、遥か先頭を走っている。

卯三郎の目に、早見の背中はみえていない。

卯《う》ノ六つ半を報せる鐘の音とともに、広尾の下屋敷から一斉に飛びだした。

走り手の数は、百人に近かったであろう。

佐倉藩の藩士たちが半数を占め、蓋を開けてみれば、幕臣や他藩から参じる者も多くあった。

誰もがみな御家の期待を背負い、御家の威信を賭けてのぞむ気構えでいる。

和気藹々《わきあいあい》とした雰囲気は欠片《かけら》もなく、早見たちとはことばを交わすどころか、目を合わせることもなかった。

走り手の一団は下屋敷を出て、一路、真東に位置する増上寺をめざした。

主催する佐倉藩が走る経路を選んだ基準はふたつ、桜の名所を巡ることのほかに、幕府から徳川家の菩提寺《ぼだいじ》である増上寺と寛永寺《かんえいじ》を巡る条件が課されている。

増上寺の桜は盛りを過ぎたが、代参《だいさん》にかこつけて大奥から駆けつけた御殿女中たちが華やかな衣裳で見物客に紛れていた。

増上寺の大門を出たあとは東海道を北へ走り、新橋《しんばし》、京橋と越え、日本橋から八つ小路の手前まで走り、神田川の土手に沿って両国をめざす。さらに大橋《おおはし》を向両国《むこうりょうごく》に渡り、桜並木のつづく墨堤をひたすら北上する。本所《ほんじょ》から吾妻橋を渡って浅草《あさくさ》へ、浅草寺の門前大路から寺町《てらまち》を横切って寛永寺にいたり、上野の山をぐるりと巡って北西へ、そこから向かうさきは飛鳥山だった。

飛鳥山を下ったあとは、日光《にっこう》街道と中山道を経て神田へ戻る。さらに、日本橋の本町《ほんちょう》大路を左手に曲がり、浜町河岸にぶつかるまでまっすぐ進む。そして、河岸沿いの道を河口までまっすぐ南下し、終着点に定められた佐倉藩の上屋敷をめざすのだ。

経路の随所に佐倉藩の番士や町奉行所の役人が立ち、走り手を誘導する役目を与えられている。起点となる広尾の下屋敷から浜町河岸の上屋敷にいたる道程は、およそ十里と計測されていた。

地図上では平坦にみえても、走ってみると起伏の激しさに驚いてしまう。

卯三郎は東海道を走りぬけ、軽快な足取りで日本橋を渡り、八つ小路を右手に曲がって神田川沿いを進んだ。

やがて、前方に煌めく川面がみえてきた。

大川だ。

見物人が大橋の手前で鈴生《すずな》りになっている。

「うわああ」

群衆の声援が鉦《かね》や太鼓とともに響いてきた。

大橋そのものは右半分だけが空けられており、捕り方装束の小者たちが横一列に並んで人止めをしている。

「ひと息で駆けぬけろ」

突如、コンタの声が耳に飛びこんできた。

卯三郎は腿をあげ、強烈な向かい風を突きやぶるように駆けぬけた。

「行け、行け」

橋向こうの沿道から、やんやの喝采が送られてくる。

墨堤の桜は無数の花弁を散らし、走り手たちに降りかかってきた。

花吹雪を堪能している暇はない。

野次馬のなかに、志乃と幸恵のすがたをみつけていた。

「負けてはならぬぞ」

志乃の声援が、はっきりと聞こえてくる。

「一番になれ」

いやが上にも、煽りたてられた。

卯三郎が通過すると、志乃たちはその場からすぐに移動する。仕立てた小舟で大川を突っ切り、先回りするつもりなのだ。

蔵人介のすがたは、墨堤の何処にも見当たらない。

吾妻橋の手前まで、ついにみつけることはできなかった。

十里の半分を過ぎ、無情にも脱落する者が増えていく。

吾妻橋を渡れぬ者は、二十人を越えていた。

卯三郎は、すでに渡っている。

蒼穹《そうきゅう》を映す眼下の川面には、大小の船が浮かんでいた。

花見のついでに「佐倉の遠足」を見物しようと、老若男女が船から身を乗りだしているのだ。

江戸じゅうの人々が、遠足に目を貼りつけていた。

誰が一番になるのか、賭けをする連中までいる。

卯三郎は寺町を横切り、寛永寺の山門を潜った。

本堂の手前には見物席が設けられ、葵《あおい》の家紋の染めぬかれた幔幕《まんまく》が張ってある。
幔幕の中央には将軍家慶が鎮座し、将軍家の御連枝《ごれんし》たちが居並んでいた。
「あっぱれ、あっぱれ」
家慶は扇を振り、みずから走り手を鼓舞してみせる。
老中首座の水野忠邦を筆頭に、幕閣のお歴々や諸大夫も雁首《がんくび》を並べていた。
走り手たちは家慶の面前で立ちどまり、深々と礼をしてからまた走りだす。
奇妙な光景だが、走り手にとっては名誉なことだった。
本来なら御目見得《おめみえ》の許されぬ者たちが大勢参じているのだ。
「あっぱれじゃ」
と、家慶に褒められ、感激しない者はいない。
卯三郎も立ちどまって家慶に礼をすると、ふたたび、脱兎のごとく走りはじめた。
桜の散りかけた上野山を一周し、北西への道をたどる。
「遅いぞ、もっと上げていけ」
またもや、コンタに煽られた。
必死に走りつづけると、ようやく、佐倉藩の連中に追いついた。
ひとり抜き、ふたり抜き、三人、四人と抜きさっていく。

ただし、早見の背中だけはみえてこない。
全山桜に彩られた飛鳥山が、前方に迫ってくる。
上野山の桜が散ると、飛鳥山の桜は見頃になるのだ。
ちょうど、今が盛りであった。
だが、飛鳥山は最大の山場でもある。
何しろ、登りがきつい。
卯三郎は歯を食いしばった。
「腿をあげよ、ここが正念場だ」
胸に叫んだ自分の声が、コンタの声と重なった。
獣のようにしなやかな姿態が瞼の裏に浮かんでくる。
「……コンタ」
ひとりではなく、ふたりで走っているのだとおもった。
卯三郎は腿を持ちあげ、凄まじい勢いで山を登りきる。
すると、遥か下方に誰かの背中がみえた。
早見だ。
まだ遠いが、はっきりとみえる。

早見のほかには誰もおらず、後ろから追いかけてくる者もいない。

「一対一の勝負だ」

卯三郎は坂道を一気に駆けおりた。

勢いがつきすぎ、坂の終わりで転んでしまう。

泥だらけになり、額から血が流れても、起《た》ちあがり、卯三郎はまた走りはじめた。

「だいじない」

足さえ動けば何とかなる。

早見の背中は消えていた。

「くそっ」

ふたたび、勢いをつけて走りだす。

もはや、死ぬ気で走らねば追いつけまい。

中山道に踏みこんだ。

沿道の端に、志乃のすがたがみえた。

「一番になれ、二番はいらぬ」

苛烈な励ましが足を縺《もつ》れさせる。

「若、もう少しでござるぞ」

後ろから追ってきたのは、串部の声だ。

半丁ほど伴走し、後方へ遠のいた。

神田川を渡り、須田《すだ》町、鍋《なべ》町、鍛冶《かじ》町と過ぎ、本銀《ほんしろがね》町へ差しかかる。

前方に、日本橋がみえた。

橋の手前に、早見がいる。

十軒店を過ぎたところだ。

「行け、追いつけ」

コンタに、また背中を押された。

卯三郎は風になり、ぐんぐん近づいていく。

早見は後ろを振りかえり、本町大路を左に曲がった。

数間遅れて、卯三郎もつづく。

そのさきは大伝馬《おおてんま》町、通旅籠《とおりかご》町、通油《とおりあぶら》町とたどり、浜町河岸の堀川を急角度で右に曲がらねばならない。

曲がったところで、追いついた。

あとは河口の三つ叉まで、河岸沿いの一本道だ。

沿道で大勢の見物人が応援するなかを、早見と肩を並べて併走する。

千鳥《ちどり》橋を越えたあたりで、早見が仕掛けた。
つんと前に出て、引きはなしにかかる。
やはり、余力を残していたのだ。
ふたりの間合いが、どんどん開いていく。
終着点まで、あと五丁もない。
足が縺れ、目も霞んでくる。
卯三郎は俯《うつむ》いた。
「何をしておる」
誰かに叱責《しっせき》され、顔を持ちあげる。
蔵人介だ。
終着点の手前で、仁王のように踏んばっている。
「来い。おぬしならできる」
「はい」
卯三郎は、弾かれたように走りだす。
自分でも信じられないほどの馬力だ。
早見の息遣いが迫ってきた。

終着点は寸暇《すんか》のさきだ。

佐倉藩の堀田正睦公や重臣たちも、身を乗りだしている。

「あと少し」

卯三郎は早見の背中をとらえ、一瞬にして抜きさった。

「うわああ」

渦のような声援に包まれる。

「やった、やったぞ」

遠くに聞こえているのは、串部の喜ぶ声だ。

「……か、勝ったのか」

卯三郎は躓《つまず》き、大の字になって転がった。

疲れきった身も心も、蒼穹に吸いこまれていく。

人影が近づき、上から顔を覗きこんできた。

「矢背卯三郎どの、おぬしの勝ちじゃ。それがしの完敗でござる」

早見陽次郎であった。

白い歯をみせて笑い、すぐに居なくなってしまう。

まちがいなく、コンタに勝たせてもらったのだ。

「やったぞ、コンタ……」

もはや、一歩たりとも動くことができない。

唐突に、嬉し涙が溢れてきた。

鬼やんま

一

卯月《うづき》、衣更えになると、殿中では足袋《たび》を使わなくなる。

八重の桜が散るころ、府内では外様《とざま》大名の参勤交代がはじまった。

田畑では種蒔《ま》きや畑打《はたう》ちも終わり、気の早い不如帰《ほととぎす》が夏の到来を告げるなか、卯三郎は今日も九段坂上の練兵館で汗を流している。

三尺八寸の竹刀を振りながら、大坂に行った鐵太郎のことを頭に浮かべていた。

緒方洪庵のもとで医術の習得に励み、病人の治療ばかりか、刑死人の腑分《ふわ》けなどにも関わっているという。頻繁に文を送ってくれるので、大坂での奮闘ぶりは手に取るようにわかった。実弟のようにおもう鐵太郎のことは褒めてやりたいし、自慢でもあるのだが、一人息子からの文を貪《むさぼ》るように読む幸恵のすがたをみるにつけ、何やら申し訳ない気分になってしまう。

矢背家の跡継ぎは、ほんとうに自分でよいのだろうか。

心に迷いがあるせいか、竹刀を振る動きも鈍い。

「卯三郎、止《や》めよ」

館長の斎藤弥九郎が雷を落とした。

「気のない素振りは百害あって一徳《いっとく》もなし。井戸水で顔でも洗ってこい」

「はい」

道場を出て、裏の井戸端へ走る。

着物を脱いで冷たい井戸水を汲《く》み、頭からぶっかけた。

「ぬおっ」

如月の水練をおもいだす。

迷いが一気に吹っ飛んだ。

空は青く、何処からか、鳥の鳴き声が聞こえてくる。

――いっぴつけいじょうつかまつりそうろう。

不如帰ではなく、頬白《ほおじろ》のようだ。

暦《こよみ》は立夏《りっか》に替わっても、吹きよせる風はまだ肌寒い。

手拭いで濡れたからだを拭いていると、小柄な門弟が小走りに近づいてきた。

益戸寛次郎《ますどかんじろう》である。

齢は二十歳《はたち》、あどけない丸顔が鐵太郎を彷彿《ほうふつ》とさせる。剣の力量はからっきしで、学問好きな点もよく似ていた。しかも、父親は石州津和野《せきしゅうつわの》藩の毒味役をつとめており、家督を継ぐことを義務づけられている。似通った境遇ということもあって、日頃から可愛がっていたし、寛次郎のほうも何かと頼りにしてくれていた。

「卯三郎さま、斎藤先生がお呼びです」

「ん、さようか」

着物に袖を通し、素早く帯を締める。

肩を並べて歩きだすと、寛次郎はつづけた。

「先生に一手指南をお望みの御仁がお見えです。何でも、水戸家御側用人の藤田東湖さまからお口添えいただいたとかで」

「ふうん」

斎藤と剣友でもある藤田東湖の口添えとあらば、無下《むげ》に扱うわけにもいくまい。

ただし、こうした場合、館長の斎藤自身が相手になることはまずない。代わりに、師範代格の卯三郎がたいていは指名されるのだ。要は、稽古台にさせられるのだ。

だからといって、別に嫌ではない。むしろ、頼られていることが誇らしかった。

それに、強い相手への興味もある。みずから一手指南を望むほどの者ならば、力量に自信がないはずはない。

ただ、いざ対峙してみると純粋に剣を究めたいという者はごく稀で、多くの者は箔《はく》を付けたいがためにやってくる。勝てずとも、斎藤弥九郎と一手交えたというだけで一目置かれるからだ。あるいは、斎藤と一手交えずとも、練兵館で汗を流したというだけで大きな顔ができる。なかには斎藤の門弟と騙《かた》って仕官に役立てようとする浪人などもおり、きちんとした紹介のない者は相手にしない決まりだった。

道場へ戻ると、斎藤が仏頂面《ぶっちょうづら》で待っていた。

かたわらには、無駄な肉を削ぎおとした丈の高い男が立っている。

眉間の皺や灰色にくすんだ風貌から推すと、齢は四十前後であろうか。

剃った月代に斜めの太刀傷がある。

古そうな傷だが、真剣で闘ったことのある証拠だ。

太刀傷が鋭い眼差しと相俟《あいま》って、相対する者を威圧する。

それを証拠に、隣で寛次郎が震えていた。

恐れるでないと、叱りつけたくなる。

「田布施左内《たぶせさない》どのだ」

と、斎藤が少し上擦った口調で言った。

「疋田《ひきた》流の免状をお持ちでな、浜田《はまだ》藩の剣術指南役に推挽《すいばん》されておられる。心して掛かるがよい」

石高六万一千石の浜田藩は、寛次郎が仕える津和野藩と同じ石州にある。治めているのが御家門の越智松平《おちまつだいら》家だけに、剣術指南役になるのは並大抵のことではない。力はあっても素姓の確かな者でなければ、有力者の推挽はあり得なかった。

送りだされた卯三郎の手に、門弟から使い慣れた竹刀が渡される。

田布施も竹刀を左手に提げ、道場のまんなかへ歩みよってきた。

相青眼に構えると、切っ先は相手の首筋に向く。

ぴたりと決まった立ちすがたをみれば、やはり、並の力量でないことはすぐにわかった。

じりっと、爪先で躙《にじ》りよる。

田布施は、ぴくりともしない。

やや右向きに寄った構えは、左の懐手へ誘うためだ。

誘われて打ちこめば、こちらの左拳を狙って順勢の袈裟懸けがくる。

それが疋田陰流《かげりゅう》の「十文字勝ち」にほかならない。

あるいは、逆手を取って右に打ちこめば、今度は「猿廻《えんかい》」と称する逆勢の袈裟懸けに襲われる。

浅く小手を狙っても、折敷《おりし》いた恰好で左右いずれかの袈裟懸けを見舞われよう。

一瞬遅れて繰りだされる合わせ技であるにもかかわらず、こちらが力量に劣れば逃れる術はない。

相手の手の内を反芻《はんすう》し、なかなか仕掛けられないでいた。

反芻するということが、すでに負けを意味している。

——勇《ゆう》がない。

斎藤ならば、そう一喝するであろう。

——勇のない手は死に手にすぎぬ。

どくっ、どくっと、心ノ臓が鼓動を打ちはじめた。

額に吹きだす汗が玉となり、頬を伝って流れおちる。

「臆したか」

田布施は涼しい顔でつぶやいた。

「何の」

卯三郎は強気で応じ、吊り腰で滑るように間合いを詰める。

「すりゃ……っ」

腹の底から気合いを発し、右八相から順勢に打ちかかる。

刹那、雷鳴のごとき怒声が轟《とどろ》いた。

「待てい」

斎藤だ。

巨軀《きょく》を押しだし、恐ろしい顔で言ってのける。

「勝負あった。卯三郎、今のおぬしに勝ち目はない」

きっぱりと断言され、口惜しさに唇を嚙みしめた。

が、自分でもわかっている。

このまま打ちかかっても、返し技の餌食《えじき》になっていた。

真剣ならば死んでいる。

――生死の間境《まざかい》は寸毫《すんごう》の隙間にある。

そう教えてくれたのは、蔵人介であった。

――刀下に身を晒さねば勝ちを得ることはできぬ。刀下に踏みこむ勇気は真剣勝負でしか培えぬ。

強い相手と対峙して負けを喫したとき、恩師の斎藤や蔵人介のことばが千鈞《せんきん》の重みをもって響いてくる。

田布施左内は青眼の構えを解き、礼もせずに背中を向けた。

斎藤は仏頂面で迎えいれ、ふたりで奥の部屋へ消えていく。

門弟たちは何事もなかったように、素振りの稽古を再開した。

「えい、やあ」

意気《いき》消沈《しょうちん》した面持ちで道場の片隅をみると、寛次郎が斎藤たちの消えた奥の暗がりを睨んでいる。

跫音《あしおと》を忍ばせて近づき、後ろから声を掛けた。

寛次郎は気づかず、色を失った顔で何事かをつぶやいている。

「……お、鬼やんま」

そんなふうにも聞こえた。

いったい、何を意味しているのか、卯三郎には想像すべくもない。

打ちひしがれた心を立てなおすには、無心で素振りをつづける以外に術《すべ》がないこともわかっている。

だが、今は竹刀を握ることさえ嫌だった。

弱い。あまりに、弱すぎる。

剣に熟達するまでの道程の長さが、途方もないものに感じられてならない。

卯三郎は、自信を失いかけていた。

二

浅草の今戸《いまど》橋と言えば、猪牙《ちょき》を廓《くるわ》へ導く山谷堀の入り口に架かった橋のことだ。

蔵人介と従者の串部は前後になり、今戸橋を渡ったさきの茶屋へ消えていった。

見世の名は『花扇《かせん》』という。

じつは御小姓組番頭の橘右近が妾に切り盛りさせている料理茶屋で、正妻はもとより家の者も家来たちも知らない。隠れ家のようなところだった。

密命を授けられるべく城内の深奥《しんおう》に足を忍ばせるよりはましだが、ここに呼ばれるときはいつもきまって厄介事を頼まれる。

何よりも面倒臭いのは、成敗すべき相手がはっきりしていないことだ。

密命の建前は「生かしておいても世のためにならぬ奸臣を成敗する」ことだが、

的に掛ける相手が奸臣や悪党であるかどうかもおぼつかない。要するに、調べねばならぬので手間が余計に掛かる。それでも、橘から「密命の内だ」と言われれば、動くよりほかになかった。

薹《とう》の立った女将が軒先で出迎えてくれ、さっそく奥の離室《はなれ》へ案内された。

夜空には眉のような月がある。

すでに橘は先着し、誰かと楽しげに酒を酌みかわしていた。

相手の丸顔をみるなり、蔵人介は眉をしかめる。

北町奉行に昇進したての遠山景元であった。

「よう、鬼役の旦那」

気軽に声を掛けてくる。

一方の橘は丸眼鏡《まるめがね》をずりさげ、上目遣《うわめづか》いに睨みつけてきた。

「こやつめ、あからさまに嫌な顔をしおって、自分を何様じゃとおもうておる」

「まあまあ、そう怒らず」

遠山は銚釐《ちろり》を摘み、手招きしてみせる。

「さあ、こっちへ。駆けつけ三杯とまいろう」

物欲しそうな串部を廊下に残し、蔵人介は素早く膝行《しっこう》した。

言われたとおりに注がれた酒を干し、下座に控えなおす。

「何やら、やりにくいな」

遠山が苦笑いすると、橘が阿吽《あうん》の呼吸ではなしを引きとった。

「蔵人介、おぬしを呼んだのはほかでもない、お奉行のためにひと肌脱いでやってほしい」

「何か、お困りのことでも」

「困っておるから、おぬしを呼んだのじゃ。のう、遠山どの」

「恐れ入りまする。それがしごときのために、こうして座を設けていただき、感謝感謝にござりまする。正直、ほかにお願いするさきもござりませなんだ。下手に相談などいたせば、すぐさま、足を引っぱられるのは目にみえておりますからな」

「ことに、目付筋は危うかろうの。あやつらめ、遠山どのの落ち度をみつけようと、手ぐすねを引いておろう。もっとも警戒すべきは、鳥居耀蔵じゃ。鳥居は水野越前守さまに取り入って、町奉行の座を狙っておるという噂じゃからな」

「ぬほほ、鳥居が取り入るときましたか。おもしろい」

「駄洒落を言うたつもりはない。そろそろ、本題にはいってはどうか」

「仰せのとおり。さすれば、鬼役の旦那に説いてさしあげやしょう」

蔵人介は身構えた。

遠山はいつもの「金四郎《きんしろう》」に戻り、べらんめえ調で喋りだす。

「一昨日の朝未き、麻布狸穴《あざぶまみあな》坂の藪で屍骸がひとつみつかった。袈裟懸けの一刀でばっさり斬られてな。ほとけの名は栗林清十郎《くりばやしせいじゅうろう》、町人の風体をしていたが歴とした侍《さむれ》えさ。北町奉行所の隠密廻《おんみつまわ》りでな、おれの指図で鼠を一匹追っていた」

「鼠でござりますか」

眉を寄せる蔵人介から目を離し、遠山は手酌で注いだ酒を干す。

「鼠の名は川尻六左衛門《かわじりろくざえもん》、名前《なめ》えのとおり、ろくな野郎じゃねえ」

北町奉行所の臨時廻りだという。

「言ってみりゃ、奉行所内の膿《うみ》さ。たれこみがあってな、三十俵二人扶持《ぶち》の臨時廻りにしちゃ、暮らしむきが派手すぎる。妾なんぞも囲っているようだし、金のなる木をいってえ何処で手に入れたのか、そいつを探るようにと、栗林に命じたんだ。ところがどうだ、探りはじめて三日も経たねえうちに、栗林はほとけにされちまった」

遠山は喋りながら洟を啜り、涙をみせまいと天井に目を向けた。

「けっ、通夜に行ったら、できた新妻が気丈に迎えてくれた。抱かれた乳飲み子は何も知らず、母親の乳を呑んでいたっけ。おりゃみっともねえほど泣けてきた。すまねえ、すまねえと、胸の裡《うち》で何度も謝った。でもな、死んだ者は帰《け》えってこねえ。せめて、敵だけはとってやると、ほとけに約束しちまったのさ」

橋に注いでもらった酒を、遠山はぐっとひと息で呑みほす。

哀れだとはおもうが、蔵人介は情を移すことができない。

配下の敵を討ちたいのならば、自分でやればいいとおもった。

「川尻は一線を越えた。どうしても、許すわけにゃいかねえ。でもな、臨時廻りの尻尾を摑めと命じたところで、真剣に動こうとする配下はいねえ。古参の与力や同心のなかにゃ、毒水を啜っている連中がいる。んなことはわかっていたさ。でもな、そいつらを束にまとめて引っくくるわけにゃいかねえ。町奉行にゃ清濁併せ吞む器量も要る。でえじなのは、善と悪の境目を見極めるこった。あれこれ考えたあげく、頼りになるのは鬼役の旦那しかいねえってことに気づいた。それでな、橘さまにお願《ねげ》えしたってわけだ。経緯は、そういうこった。うんと言ってくれねえか。栗林清十郎を殺った野郎を捜しだし、引導を渡してほしい」

断ったらどうするつもりなのだろうかと、意地悪く考えたりもする。

橘が業《ごう》を煮やし、白い眉を逆立てた。

「何故、返事をせぬ。お奉行がこうして頭を下げておられるのだ。この一件、お役目とおもうて取りかかるがよい」

横柄な態度には辟易《へきえき》するものの、蔵人介は顎を引いて受ける意志をしめす。

「ほうかい、やってくれるかい。安堵したぜ」

遠山は膝で歩みより、銚釐を摘んで酒を注ごうとする。

蔵人介は冷えた酒を流しこみ、溜息とともに問いを発した。

「臨時廻りが殺ったとは考えられぬのでしょうか」

「それはねえ。川尻に一刀で誰かを袈裟懸けにする腕はねえからな。探られているのに感づき、刺客を雇ったにちげえねえ。証拠はねえが、それ以外にゃ考えられねえ。どっちにしろ、川尻を探ればかならず真実がみえてくる。おれが今言えるのは、それだけだ……いや、もうひとつあった」

蔵人介が耳をかたむけると、遠山は赤ら顔を近づけてきた。

「ほとけはな、左右の足の裏を十字に刻まれていやがった」

「えっ」

「殺ったあとに刻んだのさ。何かのまじないか、それとも当てつけか、どっちにしろ、尋常な野郎の仕業じゃねえ」

遠山は黙りこみ、部屋は静寂に包まれた。

「ぐしゅっ」

居眠りをしていた串部が、くしゃみをする。

廊下の向こうから、三味線の音色と艶めいた唄声が聞こえてきた。

おたまだ。

掏摸《すり》を生業にしていたが、遠山に捕まって改心した。

長らく間諜をつとめたのち、一線を引いて『花扇』の世話になっている。

おたまのことは、蔵人介もよく知っていた。

知らぬのは、遠山とのあいだに何があったかだ。

聞くだけ野暮なはなしだが、仲睦《なかむつ》まじいふたりの様子をみれば、おおよそのところは想像できる。

だからといって、責める気は毛頭《もうとう》ない。

若い時分から遊び人で通ってきた遠山のこと、今さら聖人君子を気取る必要もなかろう。

「きみのよいのは卯月のはじめ、半纏《はんてん》たった一枚で肩に天秤威勢良く、鰹《かつお》、鰹と言う声は、下を駆けゆく初鰹、上を飛びゆく不如帰、てっぺんかけると言う声は、上と下とで掛合《かけお》うて、どちらが高値か知れはせぬ……」

俗謡の「とっちりとん」を唄いつつ、おたまが座敷にあらわれる。

遠山が酔って膨《ふく》れた顔で手拍子をはじめ、橘もつられて笑いだす。

がははがははと笑いつつ、立ちあがるや、幇間《ほうかん》よろしく踊りだす。

「おぬしも付きあえ」

と腕を取られ、蔵人介も仕方なく両手を上げて踊りはじめた。

腹を抱えて笑う串部に目配せを送ると、これがまた剽軽《ひょうきん》に踊りだす。

おたまは絶妙な合いの手を入れ、蔵人介は踊りをやめて銚釐を摘む。

遠山のもとへ近づき、冷めた酒を注いでやった。

「おっと、すまねえな。町奉行というやつも、なりゃあなったで苦労が絶えねえ。しゃっちょこばった裃なんぞ脱ぎすてて、町人髷で町中を飛びまわんのがいっち性に合っている。ぬへへ、そうはおもわねえか。おめえさんなら、わかってくれんだろう」

酔ったふりをしているのか、それともほんとうに酔っているのか、蔵人介にもよくわからない。

ただひとつ言えるのは、遠山が針の筵に座らされているということだ。

配下の殺しを配下が仕組んだ。そんなことが表沙汰にでもなれば、町奉行の遠山自身も責めを負うのは目にみえている。切羽詰まって橘を頼ったことは、正しい判断であったと言うべきだろう。

ともあれ、予想どおり、厄介事を押しつけられてしまった。

おたまはあいかわらず、三味線を爪弾きながら唄っている。

「鰹、鰹と言う声は、下を駆けゆく初鰹……」

蔵人介が溜息を吐くかたわらで、遠山はいつのまにか眠りに落ちていた。

三

卯三郎の面前には、一合枡《ます》がふたつある。

右の枡は空で、左の枡にはすり切り一杯の小豆《あずき》が入れてあった。

手にした杉箸の先端で小豆を摘み、一粒残らず空の枡へ移す。

息を詰めて素早くおこない、一方の枡に移し終えたら、もう一方の枡へ移し戻す。

これを延々と繰りかえすのも修行のうちと、志乃に教わった。

「一芸に秀でるには鴨《かも》の水かきのごとく、人知れず努力を重ねることが肝要じゃ」

教わったことばを肝に銘じている。

「あらゆる情を殺して心を空っぽにせよ。箸先に気を集め、同じことの絶え間ない繰り返しに耐えつづける。牛が草を食《は》むように同じことをやりつづけておれば、他人にはみえぬものがみえてくる」

いつのまにか、畳のまんなかまで陽光が射しこんでいる。

夕暮れは近い。

朝未きから、小豆を摘んでは枡に落としていた。

小豆の一粒一粒が、煩悩《ぼんのう》のようにさえおもわれてくる。

おのれの裡《うち》に潜む我欲を摘み、除いていくことで浄化されるのだ。

蔵人介は心を空にすべく、鑿《のみ》を手にして狂言面を打つ。

狂言面のなかでも人よりは鬼、神仏よりは鬼畜、鳥獣狐狸《ちょうじゅうこり》のたぐいを好み、とりわけ武悪《ぶあく》面を多くこしらえた。眦《まなじり》の垂れた大きな眸子に食いしばった口、魁偉《かいい》にして滑稽味のある面構え、いわば閻魔顔を象《かたど》った狂言面のことだ。

何故、武悪面を打つのかと、恐る恐る問うたことがある。

「唯一の嗜《たしな》みゆえ」

と、蔵人介はこたえた。

無論、それだけではあるまい。

武悪はおのが分身、心に潜む悪鬼の乗りうつった憑代《よりしろ》ではないのか。

面を打つときにはかならず、蔵人介は経を念誦《ねんじゅ》するように鑿をふるう。

鑿の一打一打に悔恨《かいこん》と慚愧《ざんき》の念を籠め、木曾《きそ》檜《ひのき》の表面に武悪を削りだす。

面を打つ行為は殺めた者たちへの追悼供養なのだと、卯三郎はおもった。

「人は誰しも心の奥底に鬼を宿している。密命を果たすときは、鬼を呼びさまさねばならぬ」

蔵人介は、みずからを納得させるように吐いた。

だが、人は鬼でありつづけることなどできない。

どれだけ悪辣非道《あくらつひどう》な相手でも、誰かを殺めれば業を背負うことになる。

業を薄め、心の静謐《せいひつ》を取りもどすために、面打ちはなくてはならぬものなのだ。

卯三郎にとってはさしずめ、箸先で小豆を移しかえる行いがそれに替わるものなのかもしれない。

繰りかえすようだが、鬼役を継げば人斬りの業も背負うことになる。

はたして、その重圧に耐えられるのだろうかと、卯三郎はおもった。

「肝を据えよ。さすれば、迷いは消える」

蔵人介の言うとおり、余計なことを考えてはならぬ。

約束したではないか。試練に打ち勝ち、唯一無二の鬼役になってみせると、胸を叩いたはずだ。

部屋のなかは、水を打ったように静まりかえっている。

志乃と幸恵は、夕河岸に出掛けたのだろう。

摘み損ねた小豆が落ち、床を転がった。

「ちっ」

ここ数日のあいだで、唯一の失態である。

「凶兆にござりましょうか」

廊下にあらわれた串部が小豆を拾い、戯れたように笑った。

「津和野の若侍が訪ねてこられましたぞ」

「えっ」

「益戸寛次郎と仰る御仁にござる。何やら火急《かきゅう》の御用がおありとかで、とりあえずは庭へお招きしておきました」

「すみません。すぐに参ります」

「茶菓子がお入り用なら、おせきに言いつけておきましょう」

「その必要はありません」

卯三郎は一合枡と小豆を片付け、足早に庭へ向かった。

寛次郎は縁側に座りもせず、沈みかけた夕陽を眺めている。

「杏《あんず》色の夕陽をみると、十三年前のことをおもいだします」

問うてもいないのに、ひとりで訥々《とつとつ》と喋りだした。

それは津和野城下での出来事であったという。季節は夏の終わり、城の鬼門《きもん》を鎮護する弥栄《やさか》神社の鷺舞《さぎまい》が終わったばかりのころだ。その日は丑《うし》ノ刻あたりから雨模様で、午後になってようやく熄《や》んだものの、雨上がりに立ちのぼった濃霧のせいで城が天空に浮かんでみえた。

やがて、霧の晴れ間からあらわれた夕陽が、城下一帯を紅蓮《ぐれん》に染めはじめた。

幼い寛次郎はそのとき、杉の巨木で知られる鷲原《わしはら》八幡宮の境内に立っていた。掌よりも大きな鬼やんまを追いかけ、来てはならぬと言われた境内の裏手へ迷いこんでしまったのだ。

崖の上から城下を見下ろすと、屋敷町の甍《いらか》がくねくねと波打っており、銅をふくんだ石州瓦《せきしゅうかわら》は海老茶色に輝いてみえた。鬼やんまは杉の梢《こずえ》の高みに消え、がっくり肩を落としたところへ、白装束に身を固めた父がやってきた。

「来るなと申したに、何故、おぬしは言いつけを守らぬ」

父は目に涙を溜めて叱りつけ、寛次郎を抱きしめた。

「骨が軋《きし》むほど強く抱きしめ、父は行ってしまいました」

杉の木の根元には、背の高い侍が待ちかまえていた。

忘れもしない。

長州の浪人で、名は浅原克美《あさはらかつみ》という。

母に岡惚れし、つきまとったあげく、露地の暗がりに連れこんで不義をはたらいたのだ。

母は命を惜しみ、浅原に「不義をばらすぞ」と脅されて、仕方なく逢瀬《おうせ》を重ねた。すぐさま、ふたりの抜き差しならぬ関わりはおおやけになり、母は舌を嚙みきって自害した。一方、父は恥辱《ちじょく》にまみれた。「女房を寝取られた腑抜け」などと酷いことを言われたあげく、剣術が不得手であるにもかかわらず、津和野藩士の意地を賭けて浅原を討ちはたす覚悟を決めた。

母が亡くなった事情をきちんと息子に伝え、ともに敵討ちに向かう道もあったろう。が、父はそうしなかった。家を残したかったのだ。それに、勝つ見込みは薄かった。浅原は長州でも名の知られた手練らしく、妻敵《めがたき》討ちにのぞんでも返り討ちになるだけのはなしだと、城下では噂になっていた。

もちろん、そうした噂など、七つの子が知ろうはずもない。

「父は低く呻《うめ》き、真正面から斬りつけていきました。一方、相手は袈裟懸けの一刀を浴びせかけてきた」

相打ちとみえたが、そうではなかった。

鮮血が夕陽と重なり、父はその場に倒れこんだ。

「相手は背を向けました。そのとき、奇蹟が起こったのです」

死んだとおもった父がのっそり起きあがり、驚いて振りむいた相手の頭に渾身《こんしん》の一刀を振りおろしたのだという。

「一矢《いっし》報いたあと、父はこときれました」

驚いた浅原の顔が今も忘れられないと、寛次郎は言う。

頭の傷は致命傷とはならなかったが、顔は夥しい血で染まった。

浅原はしばらくその場に止《とど》まり、父の屍骸に何やら傷をつけていた。

寛次郎は恐くなり、動くことができなかった。

落陽とともに、あたり一面は燃えあがった。

浅原が去ったので、父のもとへ駆けていった。

恐ろしくて死に顔をみることはできなかったが、草履を脱がされた足の裏に目が貼りついた。

「左右とも、十字に斬られていたのです」

理由はわからない。

ただ、十字の傷を目にした瞬間、浅原への恨みが腹の底から迫《せ》りあがってきたのをおぼえている。

無論、七つの寛次郎にはどうすることもできなかった。

「途方に暮れていると、鬼やんまが父の足に止まったのです」

手を差しのべると、鬼やんまは小首をかしげて飛びたち、遥かな高みへと消えていった。

父の魂を空に運んでいったのだなと、寛次郎は幼心におもった。

「今でも鬼やんまを見掛けると、十三年前の記憶が蘇ってまいります」

実父が亡くなったのち、寛次郎は母方の実家へ引きとられた。それが殿様の毒味を家業とする益戸家なのだという。養父は亡くなった母の実兄だった。不義をつづけた妹の実家として肩身の狭いおもいを強いられたが、養父は侍の誇りを失わず、今も毒味役をつづけている。

寛次郎に不満は何ひとつなかった。養父を尊敬しているし、悲惨な運命を受けいれてもいた。幸運なことに、時の流れが陰惨な記憶を薄めてくれたのだ。

夕陽の残光も消え、矢背家の庭は薄闇に包まれている。

悪夢のようなはなしを聞き終え、卯三郎は空唾を呑んだ。

「おぬし、まさか、父の敵を目にしたのではあるまいな」

寛次郎の返事はない。

闇の一部と化したように、沈黙している。

——臆したか。

卯三郎の耳に聞こえてきたのは、田布施左内が吐いた台詞だった。

「もしや、あの男が敵なのか。いいや、そんな偶然があるはずはない。きっと、おぬしの勘違いだ。な、そうであろう」

いくら問うても、返事はない。

行く先のみえぬ闇のなかで、寛次郎は震えていた。

四

数日のあいだ、串部に命じて臨時廻りの川尻六左衛門を尾行させた。

廻り方の縄張りは予想以上に広く、健脚でなければばつとまらない。本所深川《ふかがわ》を除く四宿《ししゅく》以内は隈無く歩いたし、もちろん、八丁堀《はっちょうぼり》の自邸も夜更けまで張りこんだ。

川尻に子はおらず、老いた母と病がちの妻との三人暮らしだった。同心長屋での暮らし向きはつましくみえたが、本人は夜ごと色街に繰りだしては遊び惚けている。

本所菊川町《きくかわちょう》の妾宅《しょうたく》へも頻繁に足を向け、妾宅から奉行所へ出仕することもあった。

串部によれば、風貌は平目《ひらめ》に似てのっぺりしているという。

物腰は飄々《ひょうひょう》として捉えどころがないものの、年季を重ねた十手持ちだけに用心深く、なかなか尻尾を掴ませない。

それでも、串部は粘り腰で金蔓《かねづる》らしき相手を突きとめてきた。

「麻布永坂町《ながさかちょう》の紙問屋、石州《せきしゅう》屋伍兵衛《ごへえ》にござります」

蔵人介と串部のすがたは、閑静な武家屋敷の建ちならぶ麻布永坂の上にある。

永坂というだけあって、飯倉片町《いいぐらかたまち》から長い下り坂が延びており、坂の上から東に目を向ければ、夕闇に翳りゆく増上寺の杜《もり》がみえた。

ふたりは飯倉の榎坂《えのきざか》を西へ進み、途中で左手に折れて狸穴《まみあな》坂を上った。

昼なお暗い坂道は、狸ばかりか辻斬りや物盗りも出没する。女子どもには歩かせたくない坂道を上りきり、さらに狭い鼠坂から植木《うえき》坂をたどってきた。

左手に直立する海鼠《なまこ》塀《べい》の内は、石州浜田藩の下屋敷である。

永坂を下ったさきには、石州津和野藩の下屋敷も建っていた。

石州と言えば幕領の石見《いわみ》銀山《ぎんざん》を想起するが、紙の産地としても有名である。浜田と津和野の両藩は紙の生産を直におこなっており、石州半紙は江戸大坂で大量に取引され、藩財政は紙に支えられていると言っても過言ではなかった。

永坂町に紙問屋が散見されるのは、おそらく、両藩の下屋敷があるからだろう。

坂下には新堀とも呼ぶ渋谷川が流れており、荷船を使って紙を運ぶこともできる。

石州屋は浜田藩御用達の大店《おおだな》なので、川沿いにも蔵屋敷を何棟か構えているらしかった。

「あれが石州屋でござります」

串部が目を向けたさきには、敷居の長い店が建っていた。

業者が頻繁に出入りし、一見しただけでも活気に溢れている。

昨夜、串部は川尻を尾行して柳橋へ向かった。川尻が忍んださきは船宿で、屋根船に乗って芸者と遊ぶ豪勢な接待を受けた。招いた商人を尾行したところ、麻布永坂町の石州屋にたどりついたという。

紙屋が臨時廻りの金蔓である公算は大きいと、串部は胸を張る。

「じつは今から半年前、高津《たかつ》屋と申す紙問屋が廃業に追いこまれましてな。同じ永坂町に古くから店を構え、羽振りは石州屋を遥かに凌《しの》いでおったとか」

廃業になった原因は、蔵屋敷で起こった小火《ぼや》であったらしい。

火事と聞いて町火消しが大挙して駆けつけ、蔵屋敷の屋根を壊して水を掛けた。蔵には仕入れたばかりの石州半紙が山と積まれており、それらすべてが水に浸かって大被害をこうむった。その一件が大きく響いて金繰りに困るようになり、身代《しんだい》を潰してしまったのだ。

火事検分の最中、首を縊《くく》った奉公人がひとり出たので、町奉行所の記録には「死んだ奉公人による火の不始末」と綴《つづ》られた。

だが、腑に落ちない点もあった。

たとえば、小火の起こった時刻は明け方であったが、首を縊った奉公人は悪仲間に誘われて前日の晩から翌朝まで岡場所にしけこんでいたと、証言する者が出てきたのだ。

詳しく調べる者もなく、すべてはうやむやになり、高津屋は廃業に追いこまれた。

「もしやとおもって、遠山さまの内与力にこっそり尋ねてみたところ、小火に関する記録が町奉行所に残っておりました。そいつを借りて読んだら、おもしろいことがわかりましてな」

小火をみつけて町火消しを呼んだのは、誰あろう、臨時廻りの川尻であった。

串部は労を惜しまず、その足で町火消しにも当たってみた。

「半年前のことなので、おぼえている者が何人かおりました。川尻は燃えあがる炎のそばまで近づき、火消しどもを懸命に煽っていたそうです」

火消したちは経験から、火事が小火で済むことはすぐにわかった。それだけに、臨時廻りが必死の形相で「大屋根を壊せ、水を撒け」と怒鳴っているのが奇異《きい》に映ったという。

「高津屋は津和野藩亀井《かめい》家の御用達でした。浜田藩を治める松平家は御家門、それにくらべて亀井家は外様のうえに石高も劣る。唯一、紙に関してだけは張りあっていた。ところが、高津屋の廃業で潮目が変わったと目されております」

浜田藩は五年前まで、老中首座として幕政の舵取りを担っていた松平康任《やすとう》に治められていた。ところが、藩ぐるみの密貿易が発覚し、康任は老中罷免のうえに蟄居《ちっきょ》の沙汰を受けた。そののち、第六代将軍家宣《いえのぶ》の弟清武《きよたけ》を祖とする越智松平家が館《たて》林《ばやし》から入封《にゅうほう》したのだが、昨年二代目の藩主となった武揚《たけおき》公は齢十四と若く、藩政は一部の重臣たちに牛耳られていた。

そうした事情は津和野藩を治める亀井家も似ており、同じく昨年藩主となったばかりの茲監《これみ》公は齢十六と若い。藩政を担う重臣たちは何かと言えば、浜田藩松平家の重臣たちと角を突きあわせていた。

「亀井家のなかで松平家の連中をよく言う者はおりません。小火で潰れた高津屋のことも『御家門の重臣が御用商人と企てた謀事にちがいない』と囁いておるほどで」

串部は黙った。

見世の正面に宝仙寺《ほうせんじ》駕籠が一丁、滑りこんできたからだ。

物陰から駕籠を眺めていると、羅紗の羽織を纏った商人があらわれた。

「あれが石州屋伍兵衛にござる。猪豚《いのぶた》なみに肥えておりましょう」

たしかに、布袋《ほてい》腹が突きだしている。

鰓《えら》の張った顔は、踏まれて驚いた鯰《なまず》のようだ。

「川尻は平目に似ておりますからな、平目と鱠の悪だくみにござるよ」

石州屋が臨時廻りに火事を偽装させたとすれば、首を刎ねられても文句の言えぬ重罪である。

だが、半年経った今となっては、悪事を証明する手だてもない。

石州屋は敷居の奥へ消えていった。

「さあて、どういたしましょう」

串部は眸子をぎらつかせる。

「早まるでない」

と、蔵人介はたしなめた。

気になるのは、隠密廻りを斬殺した下手人のことだ。

一刀で死にいたらしめた手並みといい、屍骸の足の裏に十字を刻んだ異常さといい、一筋縄ではいかぬ輩にちがいない。刺客の正体を見極めぬかぎり、下手に動かぬほうがよかろう。

「川尻ではなく、石州屋を洗ってみるべきかもしれませぬな」

「ふむ、そうしてくれ」

軒行灯に炎が灯《とも》された。

永坂は上も下も、漆黒《しっこく》の闇に閉ざされている。

突如として巻きおこった旋風が、ふたりの裾を攫《さら》っていった。

何やら、不吉な予感がする。

はっとして、蔵人介は闇に目を据えた。

武悪の面をつけた刺客が佇んでいる。

いや、よくみればそれは、手鞠花《てまりばな》であった。

風に吹かれて揺れる様子が、人の顔にみえたのだ。

可憐《かれん》な花を武悪の面とまちがえるのもどうかしている。

「殿、いかがなされた」

「ん」

「閻魔顔にござりますぞ」

串部の指摘に息を呑んだ。

闇に浮かんだ武悪は、みずからの心象を映したものにほかならない。

何故、かような景色をみてしまうのか。

平常心でいられない理由を、蔵人介は探りかねた。

五

卯月八日は灌仏会《かんぶつえ》、牡丹や芍薬《しゃくやく》などで御堂を飾った寺は甘茶《あまちゃ》を貰いに参じた人々で賑わった。

夜になっても賑わいの余韻は残り、平常はうら寂しい麻布の寺町にも人影はある。

不動院の門前から北へ少し向かったさき、隠し町として知られる麻布市兵衛町《いちべえちょう》の界隈だ。

三つ叉の辻へとつづく道端に、どうしたわけか、卯三郎と寛次郎のすがたがあった。

夕刻、しめしあわせて家を出て練兵館のそばで落ちあい、あらかじめ調べておいた飯倉片町の裏長屋を見張った。そして、闇の帷《とばり》が降りたころ、木戸門からのっそり出てきた人影を尾行し、淫靡《いんび》な隠し町へやってきたのだ。

ふいに左手の露地へ逃れた人影を、卯三郎たちは急いで追いかけた。

焦って追いすがる寛次郎の襟首を掴み、ぐいっと引きよせる。

「待て、感づかれたら元も子もないぞ」

警戒しながら辻陰から顔を差しだすと、人影は黒塀で囲まれた見世のひとつに消えるところだった。

　ふたりは顔を見合わせる。

　尾行した相手は、田布施左内と名乗る男だった。

「敵かどうか見極めたいので、つきあってほしい」

　寛次郎に頼まれ、卯三郎は拒むことができなかった。

　ほっと溜息を吐き、とりあえずは見世のそばまで向かう。

　柳の木陰から白塗りの女があらわれ、強引に袖を引いてきた。

「お兄さん、ひと切り一分《ぶ》でどう」

　どうと言われても、こたえようがない。

　まごまごしていると、寛次郎が女の手首を摑んだ。

「ひと切り一分とは、べらぼうではないか。それに、おぬしは鮫《さめ》ヶ橋《はし》の夜鷹であろう。菰を抱えているのをみればわかるぞ。夜鷹の相場は百文と聞いたが、まちがっておれば言うてみよ」

「ふん、辛気臭い若侍だねえ」

　夜鷹はぺっと唾を吐き、闇の向こうへ消えてしまう。

卯三郎は、詰めていた息を吐きだした。

「驚いたぞ。おぬし、存外に胆が据わっておるではないか。もしや、こういうところに詳しいのか」

「とんでもありません。じつを申せば、筆おろしもまだなんで」

「ほっ、まことか」

「拙者も早う一人前になりたい。卯三郎さまが羨ましゅうございます」

卯三郎も筆おろしはまだなので、羨ましがられる謂《い》われはない。

だが、こたえは曖昧《あいまい》にしておいた。

今は、そんなはなしをしているときではない。

黒塀の平屋には屋号の書かれた軒行灯がさがっており、田布施の消えた見世の軒行灯には『比丘尼』という字が浮かんでいた。

「市兵衛町のちょんころには、頭を剃って袈裟を纏った比丘尼《びくに》の恰好で相手をする者もあると聞きました。おそらく、比丘尼はこの見世にいるのでしょう。ちょんころの相場はひと切り一分ですが、比丘尼は倍の二分を取るとか」

「ちょっと待て。ちょんころとは何だ」

「ちょんの間の転び女郎のことですよ」

卯三郎の問いに、寛次郎は平然とこたえる。

ちょんの間とは短い女郎買いのことで、半刻ほどのことを言う。言い寄ってくる女に「ひと切りいくら」と言われたら半刻を想定すればよいと、寛次郎はよどみなく説いてみせた。

卯三郎は、ごくっと生唾を呑みこむ。

「おぬし、まことに筆おろしはまだなのか」

「ええ、まだですよ」

「それにしては詳しいではないか」

「この程度のことは、みなさん存じておられますよ。ご存じないのは、卯三郎さまくらいのものです」

卯三郎が苦い顔をすると、寛次郎は黙った。

ふたりは物陰で寄りそい、時が経つのを待つ。

半刻が経過したころ、田布施が外へ出てきた。

酒に酔っているのか、千鳥足で歩きはじめる。

「今だ」

身を乗りだす寛次郎を、卯三郎は抱きとめた。

掌で口をふさぎ、気づかずに通る田布施をやり過ごす。

辻向こうに消えたところで、寛次郎の手を放してやった。

「どうして、止めるのですか」

「まだ敵と決まったわけではあるまい」

「いいえ、あれは浅原克美にまちがいありません。誰かの名を騙っているのです」

「騙っていると証明できぬかぎり、敵討ちをしてはならぬ。万が一、返り討ちにされでもしたら、犬死にも同然だからな」

「相手が敵なら、負けても犬死にになならぬのでしょうか」

真剣な目で問われ、卯三郎はぐっと返答に詰まった。

敵ならば、たとい斬られたとしても、あきらめはつく。

が、やはり、犬死にと何ら変わらぬのではあるまいか。

「卯三郎さま、正直、それがしの力では万にひとつの勝ち目もござりませぬ。あの男が父の敵と証明できたあかつきには、助太刀をお願いしてもよろしゅうござりますか」

「無論だ」

即答した。

寛次郎の願いは、わかっていたからだ。

鬼やんまの思い出を聞いてしまった以上、助太刀を拒むことはできない。

もちろん、一度負けている相手だけに、臆する気持ちは当然ある。

だが、強い相手であればなおさら、逃げるわけにはいかなかった。

「恐いのです」

寛次郎は声を震わせる。

「それゆえ、卯三郎さまに無理なお願いをしてしまいました」

「もうわかったから、今宵は帰ろう」

物陰から抜けだそうとしたとき、田布施の出てきた扉が開き、平目顔の老いた侍があらわれた。

ふたたび身を隠し、暗がりからじっと様子を窺う。

小銀杏髷《こいちょう》に黒羽織を纏っている外見から推すと、町奉行所の同心にまちがいない。

平目顔の同心が辻向こうに消えたので、ふたりはようやく物陰から離れた。

「あれはたぶん、町奉行所の臨時廻りだな」

吐きすてた卯三郎のほうを向き、寛次郎は首を捻る。

「偽《にせ》比丘尼と遊んでおったのでしょうか。だとすれば、怪しからぬ十手持ちですね」

「田布施左内と関わりがあるのかもしれぬ」

卯三郎の指摘に、寛次郎は目を輝かせる。

「十手持ちと御家門の指南役に推挽されている者がつるんで、いったい、何を企てているのでしょうか」

「わからぬ」

とりあえずは、臨時廻りの背中を追ってみよう。

卯三郎は気の進まぬまま、暗闇を手探りで歩みだした。

六

――川尻六左衛門。

臨時廻りの名と家の所在はわかった。

翌日も尾行しようと考えた理由は、田布施左内との関わりをどうしても知りたかったからだ。

寛次郎には黙って、ひとりで川尻の背中を追いかけた。

敵討ちをおもいとどまらせたい、という心理がはたらいたのかもしれない。

臨時廻りの縄張りは広範囲におよんでいる。

午前中は神田から浅草、上野から駒込《こまごめ》のほうまで足を延ばし、午後は日本橋を通って芝《しば》や高輪まで向かった。

会った人の数は多く、いちいち把握できない。が、いずれも顔馴染みの町人や職人ばかりで、袖の下を潤してくれた。要するに、川尻は毎日、小銭を回収するために縄張り内を経巡《へめぐ》っているのだ。

夕刻になり、川尻は芝神明町《しんめいちょう》から愛宕下《あたご》大横町《おおよこちょう》を抜け、愛宕山のほうへ向かった。

愛宕山へは登らず、桜川《さくらがわ》沿いの愛宕下小路をたどり、薬師《やくし》小路と交差する四辻で左手に曲がる。

杏《あんず》色の大きな夕陽が、今しも溜池に落ちかけていた。

まっすぐ進んでどんつきを左手に曲がれば、天徳寺《てんとくじ》の門前町である。

さらに進んで神谷町《かみやまち》の手前を右手に曲がり、武家屋敷の狭間を抜けていけば、麻布市兵衛町にたどりつく。

「今宵も行くのか」

卯三郎は身構えた。

川尻が『比丘尼』を訪ね、田布施に会うのではないかとおもったのだ。

「が、待て。焦ってはならぬ」

川尻と田布施の繋がりは、まだ証明できたわけではない。

寛次郎も「只の客同士かもしれません」と疑っていたではないか。

勝手におもいこみ、無駄な一日を過ごしているのかもしれなかった。

だが、根拠は何ひとつないものの、ふたりは繋がっていると確信している。

猥雑《わいざつ》な横町のいかがわしい見世で落ちあい、よからぬ密談を重ねてきたのだ。

斎藤弥九郎によれば、田布施は石州浜田藩の剣術指南役に推挽されているという。

練兵館を訪ねてきたのは、剣客として箔を付けるためだろう。

あれだけの力量なら、剣術指南役になる公算は大きい。

御家門に召しかかえられる者が十手持ちと手を組み、いったい、何をしようとしているのだろうか。

卯三郎はさまざまに想像を膨らませながら、天徳寺門前町を南へ向かった。

日没は近い。

愛宕山のほうから、鳥の鳴き声が聞こえてくる。

「あっ」

川尻が消えた。

考え事をしていたわずかな隙に見逃したのだ。

「くそっ」

裾をからげ、懸命に走った。

止まったところは、神谷町の手前だ。

右手に曲がれば土取場《つちとりば》を経て麻布市兵衛町へ、一方、少しさきを左手に曲がれば同朋町《どうぼうちょう》へ、さらには増上寺北の切通《きりどおし》へとつづく。

卯三郎は迷わず、土取場のほうへ曲がった。

駆けだそうとして、踏みとどまる。

「うっ」

背後の暗がりに、人の気配を察したからだ。

川尻であった。

「おめえは誰だ。何で尾《つ》ける」

嗄《しやが》れた声のほうに、ゆっくり首を捻る。

川尻は殺気を帯びつつも、暗がりから出てこない。

鈍く光っているのは双眸《そうぼう》と、銀流しの十手だった。

もはや、これまで。

卯三郎はひらきなおった。

「それがしは矢背卯三郎と申す者、貴殿にお聞きしたいことがござる」

「ふん、聞きてえことがあんなら、鼠みてえにこそこそせず、正面から堂々と尋ねてくりゃいいじゃねえか」

「申し訳ござらぬ」

正対してお辞儀をすると、川尻は暗がりから抜けだしてきた。

顔つきはのっぺりした平目に似ており、瞼の弛《たる》みがやけに目立つ。

白髪まじりの鬢や無精髭から推すと、いつ隠居してもおかしくないほどの齢にみえるが、眼光の鋭さだけは保っていた。

「どんな野郎かとおもえば、小僧っ子じゃねえか」

川尻は十手で肩を軽く叩き、値踏みするように睨《ね》めつけてきた。

「ひょっとして、おめえ、鬼役の息子か」

「えっ、どうしてそれを」

「ふふ、やっぱしな。練兵館で師範代のまねごとをしているそうじゃねえか」

まちがいない。田布施左内から「一手指南」の顚末《てんまつ》を聞いたのだ。

やはり、ふたりは繫がっている。

卯三郎は胸の裡で快哉《かいさい》を叫び、つぎの一手を繰りだした。

「偶《たま》さか、田布施どのが貴殿といっしょにいるところを見掛けたのです」

「ふうん、それで」

「それがしは田布施どのと立ちあい、闘わずして負けました。これほどの恥辱《ちじょく》はございませぬ」

「ああ、聞いたぜ。筋はいいが、肝心なものが抜けている。そう言って、田布施は笑っていやがった」

「肝心なもの」

「勇《ゆう》だよ。おめえにゃ勇気がねえ。相討ちを顧《かえり》みず、懐中に飛びこむ勇気がな」

卯三郎は左右の拳を握り、ぐっと奥歯を嚙みしめる。

嘘でも芝居でもなく、腹の底から口惜しいとおもった。

「ふふ、口惜しいか。どうやら、田布施を負かしてえ一心で、おれさまを朝から尾けていやがったらしいな」

「……お、おわかりでしたか」

川尻の勘違いに乗ってみようと、咄嗟におもった。

「お願いします。田布施どのの弱点をお教えください。このとおりにございます」

襟を正し、深々と頭を垂れる。

川尻は、すっと身を寄せてきた。

「顔をあげろ。おめえ、人を斬ったことはあんのか」

「ございます」

「まことかよ。とても、そうはみえねえがな」

卯三郎も、よくおぼえてはいない。

腰が引けていたし、斬りつけてきた相手から身を守るのに必死だった。

蔵人介もその場にいたが、おそらく、鬼役を継ぐ者として認めてくれなかったにちがいない。それゆえ、いまだに、さまざまな試練を課されているのだ。

川尻がまた一歩、近づいてくる。

「つぎに挑むときは真剣勝負だぜ。それでも、田布施に勝ちてえのか」

生臭い息を吹きかけられ、眉根を寄せる。

卯三郎は我慢しつつ、顎を引いてみせた。

「無論、覚悟はできております」

「よし。それなら、あいつのことを教えてやろう」

今から二年足らず前、芝居町の露地裏で侍の遺体がひとつみつかった。

「ほとけは顔を焼かれていてな、素姓を探る手懸かりを何ひとつ携えていなかった。真夏だったし、放っておくわけにもいかず、翌日にゃ無縁仏として葬られた。でもな、おれはあきらめていなかった。十手持ちの勘で、金の臭いを嗅いだからさ」

侍の背恰好や手の甲にあった痣《あざ》などを記憶にとどめ、目星をつけた番町の旗本屋敷を隈無く歩いてまわった。

「三月《みつき》ののちだ。ついに、おれはほとけの素姓を探りあてた。貧乏旗本の倅でな、家督を継ぐはずの者が行方《ゆきがた》知れずになったせいで改易になったらしく、素姓を探りあてたときに家屋敷はもう跡形も無かった」

川尻は薄く笑い、一拍間を置いた。

「へへ、死んだ倅の名を聞いて驚くなよ。そいつの名は、田布施左内だ」

「えっ」

「まあ聞け」

二度目の幸運は一年後、去年の夏にやってきた。

「無宿人《むしゆくにん》狩りで捕まえた浪人どもの綴り帳に、田布施左内の名をみつけたのよ。

さっそく、おれはそいつに会いにいった。人足寄場《にんそくよせば》へ送られる寸前でな、南茅場《みなみかやば》町《ちょう》の大番屋に留めおかれていたのさ。顔をみた途端、ぴんときたぜ。こいつが本物の田布施左内を殺ったんだってな。若《わけ》えころは蝮《まむし》の異名《いみょう》をとったこのおれだ。狙いをつけたら、逃《のが》しゃしねえ。おれはそいつに恩を売り、脅したり賺《すか》したりしながら、すべてを吐かせた。へへ、おもったとおり、なりすましさ。田布施左内を殺めた野郎は、旗本の肩書きが欲しかったのよ」

狙いを定めた相手に取り入って系図を奪い、この世から消したうえで本人になりすます。綱渡りのような企てだが、腕におぼえのある野心旺盛な食いつめ者が考えそうなことだという。

「なりすましたまではよかったが、ほとぼりが冷めるのを待ちすぎた。そこへ、おれが救いの手を差しのべてやったってわけだ」

川尻は腐れ縁の紙問屋を通じて、その男を浜田藩へ売りこんだ。

「汚れ仕事をいくつかやらせたのさ。ほんでもって、お偉方の信用を築き、藩の剣術指南役に推挽されるまでに仕上げた。ぜんぶ、おれさまの手柄さ。おかげで、美味《うめ》え汁を吸わせてもらった。でもな、その野郎は近頃、増長《ぞうちょう》しはじめた。恩のあるおれさまをないがしろにして、これからは自分ひとりの力で這いあがってみせると言いやがった。そんなことが許せるとおもうか」

川尻の血走った目をみつめ、卯三郎は肝心なことを尋ねた。

「なりすました男の本名は、何というのですか」

「おっと、そうだな。本名を教えといてやろう」

川尻はおもわせぶりに黙り、生臭い息とともに言いはなつ。

――浅原克美。

という名を耳にするや、卯三郎は目を瞑《つむ》った。

やはり、寛次郎の記憶は正しかったのだ。

「おい、寝ている場合じゃねえぞ。うかうかしていたら、おめえも足の裏に十字を刻まれるかんな」

卯三郎は目を開けた。聞き捨てならない台詞だ。

十三年前、寛次郎の父も斬殺されたあと、足の裏に十字を刻まれたと聞いた。

「ああ、そうさ。田布施左内の足の裏は、十字に刻まれていた。浅原は尋常な野郎じゃねえ。斬った相手の足の裏に、かならず十字を刻むんだ。おれは一度だけ聞いたことがある。そいつは何かのまじないかってな。やつは真顔でうなずいた。供養替わりだと言いやがった。卒塔婆《そとば》を立てるのと同じなのさ。死人の足に十字を刻めば、この世で人斬りの業を背負わずに済む。あの世で報いを受けることもねえそうだ。ふん、おれに言わせりゃ、そうおもいこんでいるのが業の深え証拠《あかし》さ」

川尻は首を伸ばし、耳許に囁きかけてくる。

「おれは包み隠さず、すべてをはなしてやった。つぎは、おめえが動く番だ。いざとなりゃ、あの野郎を斬ってもらう。闇討ちでも何でもかまわねえ。もちろん、只でとは言わねえさ。五両出そう。へへ、どうでえ、わるくねえはなしだろう」

狡賢《ずるがしこ》い臨時廻りのはなしなど、もはや、耳に届いていない。

寛次郎の敵をどうやって倒すか、それ以外に考えるべきことはなかった。

七

翌早朝、溜池《ためいけ》馬場。

臨時廻りの川尻六左衛門が斬殺された。

蔵人介は串部とともに、筵に横たわった十手持ちの屍骸を見下ろしている。

「ほら、足の裏をみてくれ」

筵のそばに屈んだ男が振りむいた。

岡っ引きの風体だが、町奉行の遠山景元にほかならない。

朝一番で矢背家に使いを送ってきたのも、遠山であった。

「なるほど、十字の傷とはこのことでござりますか」

串部が腰を屈め、感心したようにうなずく。

遠山は苦笑いしてみせた。

「これで振出しに戻った。いざとなりゃ、川尻をふん縛《じば》って、真相を吐かせるつもりだったがな。どうするね、鬼役の旦那」

残された手札は、川尻と通じていた紙屋しかいない。

「石州屋伍兵衛か。おめえさんに言われて、ちょいと調べてみたぜ。石州屋と通じているのは、浜田藩の紙奉行だ」

「紙奉行でござりますか」

「ああ。名は加計三之丞《かけさんのじょう》。勘定を扱う判方《はんかた》の下屋敷奉行でな」

藩財政の屋台骨である紙の扱いを任されているところから、藩内で「紙奉行」と呼ばれていた。

「石州屋を御用達に引きあげたのは加計だ。そいつに最後まで反対した富川弥右衛門《とみかわやえもん》という重臣がいてな、何かと加計と張りあっていたが、半年前、麻布宮下町《みやしたちょう》の暗闇《くらやみ》坂で何者かに斬られた。謀殺さ。隠密廻りの栗林や川尻と同じ手口だ。袈裟懸けの一刀で始末されていやがった」

「足の裏に傷は」

蔵人介の問いを期待していたように、遠山は薄気味悪く笑った。

「あった、十字の傷がな。そいつを聞きだすのにゃ苦労したぜ。何せ、浜田藩の連中にゃ箝口令《かんこうれい》が敷かれていたかんな」

番方の組頭と懇《ねんご》ろになり、遠山みずから酒を呑ましたり小銭を握らせたりして、何とか事情を聞きだしたらしい。

「紙奉行の顔も拝んだぜ。鬼瓦みてえな恐《こえ》え顔でな、図体もでけえし、態度もでけえ。たぶん、石州屋と組んで儲けた金を派手にばらまいているんだろう。上の連中からの受けはすこぶるいい。まわりに逆らう者もいねえし、噂じゃ近《ちけ》えうちに家老になるかもしれねえってよ」

石州屋は臨時廻りを使って火事を偽装させ、競合相手だった高津屋を廃業に追いこんだ。一方、紙奉行の加計三之丞は刺客を使い、藩内で出世争いをしていた相手を謀殺させた。

いずれも、半年前の同時期に起こった出来事だ。

すべての事情を知っていた川尻が石州屋に強請《ゆすり》を掛け、逆しまに斬殺されたと考えられなくもない。

「欲をかいて死んだのさ」

遠山もどうやら、そうした筋書きを頭に描いているようだった。

「ふん、殿様がひよっこだけに、家来どもはやりてえ放題《ほうで》えだ。でもな、おれに言わせりゃ、加計みてえな野郎は御家門の恥だ。糞溜《くそだめ》に落ちて死んだほうがましだぜ」

そこまでわかっているのなら、自分で手を下せばよい。

しかし、それができないことは、蔵人介もわかっている。

「あとは、おめえさんに託すしかねえ。期待しているぜ」

遠山はしんどそうに腰を伸ばし、屍骸に背を向けた。

大股で数歩進んで立ちどまり、こちらに首を捻る。

「そう言えば、妙なはなしを小耳に挟んだ。練兵館の斎藤弥九郎に一手指南を願いでた侍えがいたらしい。田布施某とかいう野郎でな、そいつが浜田藩の剣術指南役に推挽されていやがった。推挽したのは誰あろう、紙奉行の加計三之丞だ。へへ、怪しいとはおもわねえかい」

遠山は少し間を置き、なおも驚くべきはなしを口にした。

「所詮、何処の馬の骨とも知れねえ野郎だ。館長の斎藤弥九郎は、一手指南を断った。代役に立たされたのは、いってえ誰だとおもう。矢背卯三郎、おめえさんが養子にするつもりの若造だよ」

「えっ」

「へへ、やっぱし、聞いていなかったようだな」

串部から、卯三郎の様子がおかしいとは聞いていた。

近頃は、摘んだはずの小豆をよく箸先から落とすし、喋りかけても心ここにあらずで、いつも考え事ばかりしている。

そんなふうに聞いてはいたが、深刻にとらえてはいなかった。

もちろん、練兵館での一件も知らずにいたのだ。

「そいつとは闘わずに負けたらしいぜ。斎藤が止めたのさ。さぞや、口惜しかったにちげえねえ」

蔵人介は黙したまま、遠山の顔をじっと睨みつけた。

「おっと、おれは何ひとつ仕掛けちゃいねえぜ。こいつはな、因縁てやつだ」

知らぬ間に、卯三郎が凶事に巻きこまれているとでも言いたいのか。

もし、足の裏を十字に刻む刺客が田布施某という男ならば、すでに、運命の歯車は廻りだしたことになる。

「頼んだぜ、鬼役の旦那」

遠山は去った。

生ぬるい風が溜池のほうから吹きよせ、捲《めく》れた筵が臨時廻りの屍骸を包む。

「くそったれめ」

串部が後ろで悪態を吐いた。

何はともあれ、卯三郎に問うてみなければなるまい。

蔵人介は、悄然《しょうぜん》とした面持ちで歩きはじめた。

八

——侍の子は強くあらねばならぬ。

それが亡き父の口癖だった。

益戸寛次郎には、鮮烈な思い出がふたつある。

ひとつは、自害した母の屍骸を父とともに土へ埋めたこと。そして、もうひとつは妻敵討ちにのぞんで返り討ちにあった父の死にざまであった。

ふたつとも、夕陽に向かって飛んでいく鬼やんまのすがたと重なる。

みたくないものから目を逸らし、何かほかのものをみていたかったのかもしれない。

それゆえか、母と父の死に顔はよくおぼえていない。

ただ、生前に語りかけられたことばが、何の前触れもなく蘇ってきた。

――寛次郎、やるべきことをやりなさい。

それは、優しい母に諭されたことばだ。

練兵館で敵とおぼしき男を見掛けてから、繰りかえし耳に聞こえてくる。

やるべきこととは何だろうと、寛次郎は考えた。

十三年経って敵に再会できたのを天命と考え、父と母の敵を討つことなのか。

たとい、命を失ったとしても、恐れずに侍の意地を通すことなのか。

あれこれ悩む必要は無いとわかっていながらも、踏みだす勇気が出なかった。

おそらく、剣術の師である斎藤弥九郎には、迷惑を掛けることになるだろう。

「刀は人を斬る道具にあらず、未熟なおのれの心を鍛えるための神器《じんぎ》である」と諭す斎藤の教えに、できることならば背《そむ》きたくはない。

あるいは、育ててくれた養父母に迷惑を掛けたくないという気持ちもある。

すでに家督を継ぐはなしは決まっているし、毒味役の修行もおこなっていた。

将軍家の毒味役を継ぐ卯三郎にくらべれば、修行の厳しさには雲泥《うんでい》の差がある。

それでも、寛次郎なりに努力はしてきた。敵の浅原克美に出会うまでは、誇りを持って役目にいそしむ覚悟を決めていたのだ。

心の迷いを誰かにわかってほしかった。

それゆえ、兄とも慕う卯三郎に事情をはなし、助太刀まで頼んだ。

甘えていたのだとおもう。

冷静に考えれば、すぐにわかることだ。

自分の敵討ちに卯三郎を巻きこむわけにはいかない。

寛次郎は家を抜けだし、ひとりで暗闇に踏みだした。

たどりついたのは麻布市兵衛町の露地裏だ。

淫靡《いんび》な横丁に身を潜めていれば、浅原が『比丘尼』へやってくるとおもった。

それが今宵であるという確証はない。出会えなければ、明晩また足を運ぶだけのはなしだ。

物陰に隠れ、半刻（一時間）ほど待った。

遠くで鐘の音が鳴っている。
「亥ノ刻か」
先日、卯三郎とやってきた時刻よりも遅い。
すでに、浅原は『比丘尼』にしけこんでいるのかもしれなかった。
寛次郎は白装束ではなく、黒装束に身を固めている。
名乗りをあげて尋常な勝負を挑んでも、十中八九、勝ち目はなかろう。
暗闇に紛れて近づき、どんな方法でもよいから仕留めるつもりでいた。
額には鎖鉢巻きを締め、着物の下には鎖帷子《かたびら》まで着けている。
ずっしりとした鎖帷子の重みは、十三年のあいだに蓄積した恨みの重さでもあった。
さらに、四半刻《しはんとき》（三十分）ほど経った。
夜空を仰げば、いびつに丸い月がある。
雲のないのが恨めしい。
「あきらめるか」
暗がりから身を剝がした。
と、そこへ、待ちかまえていたように、白塗りの女があらわれる。

「お兄さん、ひと切り一分でどう」

先日、手首を摑んでやった夜鷹だ。

寛次郎は何をおもったか、ずいっと身を寄せた。

「わしのことを、おぼえておらぬか」

「えっ」

夜鷹は亀のように首を伸ばし、顔を覗きこんでくる。

「はて、どなたでしたっけ」

「おぼえておらぬか。まあ、無理もあるまい」

寛次郎は袖口に手を突っこみ、取りだした一分金を夜鷹の手に握らせた。

「聞きたいことがある。『比丘尼』に通う客のことだ。月代に太刀傷のある四十がらみの侍でな」

「存じておりますよ」

「ほっ、さようか。今宵、そやつをみなんだか」

「みておりませんけど。おまえさま、あのお侍を討とうとでも」

「……ど、どうしてわかる」

「鎖鉢巻きまでしていなさるから、すぐにそれとわかりますよ」

寛次郎は少し考え、夜鷹の目をまっすぐにみつめた。

「頼まれてくれぬか。この身に万が一のことがあったら、九段坂上にある練兵館の斎藤弥九郎先生に伝えてほしいのだ」

「何とお伝えすれば」

「身勝手なふるまいをお許しくださいと、そう伝えてほしい」

夜鷹は返事もせず、逃げるように消えてしまった。

振りむけば、辻のほうから人影がひとつ近づいてくる。

浅原克美だ。

千鳥足でやってくる。

「酔っておるのか」

寛次郎は、空唾を呑みこむ。

風が吹き、群雲が月を隠した。

これ以上の好機はない。

腰に差した刀の柄に右手を添えた。

身を沈め、左の拇指《おやゆび》で鯉口《こいぐち》を切る。

——すちゃっ。

わずかな音に反応し、浅原が足を止めた。
間合いは、十間を切っている。
だが、不意打ちを浴びせるには遠い。
道端に佇み、じっと動かずに待った。
膝が震え、毛穴から汗が吹きだしてくる。
浅原は、ふたたび歩きだした。
さきほどよりも慎重だが、からだは揺れているように感じられた。
突如、父の足の裏が頭に蘇ってくる。
十字に刻まれた傷が忘れられない。
名状《めいじょう》し難い怒りが込みあげてきた。
「うおおお」
獣のように唸り、白刃を抜きはなつ。
浅原が足を止めた。
あきらかに、こちらを見定めている。
「何やつ」
誰何《すいか》され、寛次郎は声を絞りだした。

「父の敵」

「何だと」

「母の敵」

叫びつつ、頭から突っこんでいった。

師の斎藤弥九郎から唯一褒められた中段突きだ。

「しぇええ」

気合いもろとも、相手の胸に突きこんでいく。

「莫迦め」

浅原が抜いた。

閃光が斜めに走る。

「うわっ」

右八相《はっそう》から、ばっさり袈裟懸けに斬られた。

が、寛次郎は立っている。

斜めに断たれた鎖帷子が、足許にじゃらっと落ちた。

「ふおっ」

寛次郎は右八相に構えた。

きらりと、白刃が光る。

見上げれば群雲が晴れ、月が顔を出していた。

「小僧、わしに勝てるとおもうたか」

灰色にくすんだ浅原の顔が、ぬっと迫ってくる。

「ふわああ」

恐怖を振りはらうべく、声を張りあげた。

刀を順勢に振りおろすと、わずかに遅れて相手の刀が振りおろされてきた。

疋田陰流の「十文字勝ち」だ。

鎬《しのぎ》で弾かれたのも、寛次郎は気づかない。

――ばすっ。

鈍い音は、肉を裂かれた音だろうか。

いや、浅原の繰りだした一刀は、骨までも断っていた。

夥しい鮮血が月を濡らし、夕陽のように赤く染まってみえる。

大きな蜻蛉《とんぼ》が羽根をひろげ、夕陽の彼方へ飛びさっていった。

「……お、鬼やんま」

寛次郎が死の際でみたのは、十三年前にみた光景だったにちがいない。

浅原は屈みこみ、屍骸となった寛次郎の草履を剝ぎとった。

刀の切っ先を足の裏に突きたて、十字を刻みこむ。

「ひぇっ」

すぐそばの暗がりから、夜鷹の悲鳴が聞こえてきた。

「ふん、百文女郎め」

浅原は悪態を吐いて白刃を納め、通い慣れた黒塀の内へ消えていった。

九

未明。

卯三郎は布団をはねのけ、床から身を起こした。

額から粒の汗が吹きでている。

断末魔《だんまつま》の叫びを聞いたような気がしたのだ。

「……寛次郎」

不吉な予感に苛《さいな》まれ、じっとしていられなくなる。

素早く着替えを済ませ、部屋からそっと抜けだした。

表玄関ではなく勝手口へ向かい、裏木戸に手を伸ばす。

「何処へ行く」

鋭い声が背中に刺さった。

蔵人介だ。

廊下で仁王立ちしている。

「練兵館へ参ります」

卯三郎は、咄嗟にこたえた。

何かあれば練兵館で待ちあわせようと、寛次郎と約束していた。そのことが頭にあったのだ。

「待て、何をしに行く」

「わかりませぬ」

「おぬしに聞きたいことがある。一手指南を望んだ相手と闘わずして負けたこと、何故、黙っておった」

「恥ずべきことゆえ、口にできませせなんだ。されば、ごめん」

「待たぬか、卯三郎」

裏木戸を通りぬけ、後ろもみずに走りだす。

薄暗い露地を縫い、浄瑠璃坂を駆けおりた。

さらに濠端に沿って駆け、市ヶ谷御門を抜けたころ、東の空がうっすらと白みかけてきた。

番町の武家屋敷は、乳色の靄に包まれている。

「みえぬ。何もみえぬ」

焦りが募った。

靄を漕ぐように三番町通りをひた走り、九段坂上へたどりつく。

異変はすぐにわかった。

靄の向こうに、門弟たちの人影がある。

道端には、戸板を載せた大八車も見受けられた。

息を切らして駆けよせ、冠木《かぶき》門の内へ躍りこむ。

「矢背卯三郎にござります。どなたか、どなたか」

誰かに事情を尋ねるまでもない。

道場には燈明《とうみょう》が点々と灯り、館長の斎藤弥九郎が厳しい顔で立っている。

肩を落としたすがたは小さくみえ、目を真っ赤に腫らしていた。

「卯三郎か、こっちへ来い」

斎藤に呼ばれて近づくと、筵に寝かされた屍骸が目にはいった。

誰かはわかっている。信じたくないだけだ。

「……か、寛次郎」

卯三郎は歩くのを止め、がっくり膝をついた。

「おぬしの悲しみはわかる。弟のように可愛がっておったからな」

斎藤のことばも慰めにはならない。

卯三郎は這うように、屍骸のそばへ近づいた。

土気色に変わった顔に触れ、額や頰を撫でまわす。

途轍《とてつ》もなく悲しいはずなのに、涙が出てこない。

胸にあるのは、不甲斐なさだけだ。

「……どうして、ひとりで先走った」

助太刀を頼んでおきながら、何故、無謀なことをしでかしたのか。

今となっては、寛次郎の気持ちを推しはかる術はない。

斎藤が生気《せいき》の無い声でつづけた。

「麻布市兵衛町の露地裏に倒れておった。その場におった夜鷹がわざわざ報せてくれてな、寛次郎を斬った相手の特徴もおぼえておった」

卯三郎は、弾かれたように顔を上げる。

斎藤が鬼のような目で見下ろしてきた。

「されど、おぬしには言うまい」

「何故にござりますか」

「目が狂うておる。寛次郎と同じ轍《てつ》を踏ませるわけにはいかぬ」

卯三郎は、がばっと立ちあがった。

「教えていただかずとも、よろしゅうござります。斬った相手のことは、わかっておりますゆえ」

斎藤は眉根を寄せ、ちらりと屍骸の足をみた。

卯三郎もつられて、足の裏をみる。

おもったとおり、十字に裂かれていた。

「くそっ、許せぬ」

沸々《ふつふつ》と、怒りが湧いてくる。

「どうするつもりだ」

斎藤に問われ、即答した。

「無論、敵を討ちまする」

「やめておけ。あやつには勝てぬ」

「おことばを返すようですが、それがしはまだ闘っておりませぬ」

「真剣勝負の負けは、死を意味するのだぞ。今闘えば、おまえは確実に死ぬ。よいのかそれで」

「かまいませぬ。たとい、先生のお言いつけでも、寛次郎の敵だけは討たせていただきます」

卯三郎は一礼し、斎藤に背中を向けた。

もはや、誰にも止めることはできない。

五体から放たれた殺気がみえるようだ。

朝陽が昇り、靄はすっきり晴れていた。

――てっぺんかけたか、ほんぞんかけたか。

不如帰が庭の梢で鳴いている。

卯三郎は冠木門の外へ出た。

はっとして、身構える。

蔵人介が立っていた。

「……ち、義父上《ちちうえ》」

まるで、巨木のようだった。

遥か高みから、見下ろされている。

「何を狼狽《うろた》えておる」

蔵人介は、落ちついた口調で言った。

「斬られた者の事情はわからぬ。されど、ゆめゆめ、敵を討とうなどとは考えるな。考えれば、太刀は鈍る。人を斬るつもりなら、五体から殺気を放ってはならぬ。怒り、口惜しさ、不甲斐なさ、胸に渦巻くあらゆる情を殺し、平常心で事にのぞむのだ。さもなければ、そやつには勝てぬ」

「無理にござります。寛次郎を失った今、いったい、どうやって平常心を保てと仰るのですか」

蔵人介は、ふうっと静かに溜息を吐いた。

「教えてやろう、ひとつだけ方法がある。それはな、人斬りをお役目と考えることだ」

「お役目」

「さよう。鬼役に課されたお役目だとおもえば、自然と胆も据わる」

「鬼役のお役目」

卯三郎はひとりごち、じっと考えこむ。

「さあ、ひとまず家に帰ろう。じっくり、事情を聞いてやる」

歩きはじめた蔵人介の背中が、巌のように感じられた。

――人を斬ることに、微塵《みじん》の揺らぎもない。

それこそが鬼役に求められる資質なのだと、堅固《けんご》な背中は語りかけてくるようであった。

十

二十日、大安。

卯月もなかばを過ぎた。

千代田城から離れた下屋敷周辺や馬場では、朝から筒音が響いている。

どおん、どおんと腹に響く大筒の音が轟いたかとおもえば、ぱらぱらと豆を撒いたような筒音も聞こえてきた。物々しい具足《ぐそく》に身を固めた鉄砲足軽《あしがる》のすがたも散見され、騎馬武者の一団が街道を我が物顔に疾駆《しっく》することもある。

もちろん、戦《いくさ》がはじまったわけではない。

諸藩が挙《こぞ》って、鉄砲の稽古初めにいそしんでいるのだ。

卯月の吉日だけは好き放題に号砲を放ってよいとする幕府の狙いは、日頃から窮屈なおもいを感じている諸藩に鬱憤《うっぷん》晴らしをさせることでもあった。

それゆえ、この日は朝から筒音が鳴りやまない。

町人たちにとってはまことに迷惑なはなしだが、浜田藩の下屋敷がそばにある麻布十番の馬場でも筒音は鳴り響いていた。

蔵人介は卯三郎と串部をともない、新堀沿いに築かれた土手の上から浜田藩の稽古初めを遠望している。八つ刻《やどき》（午後二時）から一刻半（三時間）ほど経つので、夕陽は大きく西にかたむき、そろそろ撃ち仕舞いも近い。

見晴らしがよいので、土手の上には大勢の野次馬がいた。

ほとんどの者は陣幕の中央に座る若い殿様か、号令を発する筒持頭《つつもちがしら》や鉄砲足軽たちに目を向けているが、蔵人介たちは殿様の後方に控えた重臣のひとりを睨んでいた。

――下屋敷奉行、加計三之丞。

浜田藩の「紙奉行」として、今や飛ぶ鳥を落とす勢いの重臣にほかならない。

なるほど、図体は誰よりも大きく、風貌は鬼瓦のように迫力がある。

遠くからでもわかった。

加計の背後には、鰓《えら》の張った鯰顔の商人も控えている。

それが石州屋伍兵衛だと知る者は、野次馬のなかにおるまい。

筒音が響くなかでも、加計と石州屋はこそこそ話をしていた。

「あのふたり、また喋っておる」

串部が苦々しげに吐きすてた。

「どうせ、悪だくみの相談でござろう」

諸色《しょしき》を調べてみると、紙の値段はこのところ異常な高値をつけていた。

参勤交代の時期に合わせて、多くの大名屋敷では壁の塗り替えや畳替えなどの大規模な修繕がおこなわれる。当然のことながら、襖や障子の貼り替えもあり、大量の紙を使用する。丈夫で質の高い石州紙は、こうした需要の多くを賄《まかな》っていた。

「これでござるよ」

串部は懐中から半紙の束を取りだし、卯三郎の手に渡す。

「濡れても容易には切れませぬ。漉《す》き方に工夫があるのでござりましょう」

しかも、春の嵐が吹きあれるころから、府内のそこらじゅうで火事が頻発していた。火事で家屋敷が燃え滓《かす》になれば、儲かるのは材木問屋ばかりではない。建具《たてぐ》の材料となる紙屋も儲かる。自然、紙不足となり、紙の値段が急騰するのだ。

「紙の値段の急騰で浜田藩の台所は潤っております。それゆえ、ああして惜しげもなく、貴重な鉛弾を撃ちつづけておられるのでしょう」

串部に言わせれば、筒音は藩の威勢を推しはかる指標になるという。

「いくらなんでも、夕暮れまで撃ちつづけている藩は、ほかにござらぬからな」

殿様は疲れきって床几《しょうぎ》から崩れおちそうだが、重臣たちは一様に満足げだった。

なかでも、藩財政復興の一番手柄と目される加計の鼻息は荒い。

「津和野藩の有力な御用商人を葬ってからこの方、石州屋は紙の仕入れを牛耳るようになりました」

加計の後ろ盾を得たうえで、国許から運ばれた大量の紙を一部は廃棄するなどして売り控え、相場を操っているという。

串部は遠山の助けも借りて、悪事の証拠を摑んできた。

ある程度の日数を必要としたのは、これが藩ぐるみの悪事であるかどうかを判断するためだ。なるほど、藩の台所は潤ってきたものの、利益の大半は加計と石州屋によって私《わたくし》されていることがわかった。

浜田藩は御家門でもあり、道普請や川普請などでそれなりの役割を負っている。

元凶である重臣と御用商人を亡き者にすれば、御家門にも傷をつけずに済ませられるであろう。ひいてはそれが紙の安定した供給に繋がると、遠山はいかにも町奉行らしいところをみせ、蔵人介に下駄を預けた。

――どおん。

最後の号砲が轟くと同時に、夕陽が転げおちていった。

撤収作業が進められると、野次馬たちも散ってしまう。

藩邸へ戻る藩士たちの流れとは別に、加計だけは石州屋に袖を引かれ、土手下の船着場へ足を向けた。

加計の背後には、月代に太刀傷のある侍が影のようにしたがっている。

田布施左内になりすました、浅原克美であった。

加計にしてみれば、田布施であろうと浅原であろうと、どちらでもかまわない。

汚れ役を担うことのできる手練ならば、家柄や性分はどうでもよかった。

さきごろ、ようやく藩の剣術指南役に認めさせ、これからは石州屋ともども右腕になってくれることを願っている。

三人は石州屋の仕立てた屋根船に乗り、暮れなずむ新堀を下りはじめた。

急いで追いかける必要はない。

行き先の見当はついている。

金杉橋のたもとで陸《おか》にあがれば、権門《けんもん》駕籠が待っているはずだ。

東海道を四丁ほど上り、本芝のあたりで右手に曲がる。

行きつくさきは大名屋敷に囲まれた一角、地の者たちが「三田《みた》の三角まわれば四角、裏は薩摩の七曲がり」と唄うとおり、四国や九州の外様大名が集まる界隈だ。

三方を武家屋敷に囲まれたわかりにくいところに「寿命院《じゆみよういん》上がり屋敷」と俗称される岡場所がある。

なかでも、若衆髷の陰間《かげま》を置く『春菊《しゆんぎく》』なる見世へは、男色《だんしよく》の侍や僧侶がお忍びで通ってきた。

加計も男色だった。

色白で見目のよい若者にしか興味がない。

それゆえ、祝い事があると、かならず寿命院上がり屋敷の『春菊』に向かう。

近頃は贔屓《ひいき》の女形に似た陰間にご執心で、宴席を飛ばして直行することが多かった。

谷間の袋小路に、いかがわしい平屋が五軒ほど、棟つづきで寄せあつまっている。

それが寿命院上がり屋敷であった。

何度か「警動《けいどう》」と呼ぶ取締の憂き目をみたが、周囲の大藩から文句が出て復活を果たしてきた。四国や九州の藩士たちが恩恵を受けている証左《しょうさ》であろう。ただし、遊び代はけっこう高いので、下士は通ってこない。たいていの客は阿漕《あこぎ》な商人とはからって私腹を肥やす重臣たちであった。

加計もそのひとりだ。御家門の重臣はめずらしく、それだけに重宝される。

袋小路の入り口には、藤棚《ふじだな》が築かれていた。

夜更けにならねば月は出ないが、軒行灯の妖しい光が満開の藤を浮かびあがらせている。

蔵人介と卯三郎は先廻りして物陰に隠れ、獲物が来るのを待った。

「ひとり一殺《いっさつ》、それが課された使命だ。繰りかえすようだが、これはお役目と考えよ」

「承知いたしております」

卯三郎の顔から、怒りは消えている。

寛次郎を茶毘《だび》に付し、その場であらゆる情も消し去った。

勝つという一点に気を向け、勝つための方策だけを練ってきた。

それゆえ、敵の浅原克美を面前にしても、狼狽えない自信はある。

物見《ものみ》に出ていた串部が戻ってきた。

「参りましたぞ。加計の従者は、浅原を除いて三人おります」

三人は手練の藩士であろう。加計自身も管槍《くだやり》の遣い手なので、予想以上に難しい仕掛けとなることが予想された。

「助っ人を頼んでおいて、ようござりましたな」

串部はにやりと笑い、何も知らされていない卯三郎をみた。

そこへ、駕籠かきの鳴きが近づいてくる。

「あん、ほう。あん、ほう」

縦に並んだ二挺の権門駕籠には、加計と石州屋が乗っていた。

浅原はじめ警固の四人は、駕籠の前後左右に随行している。

藩士のひとりが黒塀のひとつに近づき、拳で乱暴に戸を敲《たた》いた。

音もなく戸は開いたものの、迎えの者は出てこない。

止まった駕籠から、加計と石州屋が降りてきた。

ふたりはうなずきあい、勝手知ったる者のように、開いた戸の向こうへ消えていく。

浅原だけがしたがい、ほかの藩士三人は外に残った。

それから、四半刻ほど経ったころであろうか。

暗さを増した袋小路へ、遊び人風の男がひとりやってきた。

藤棚の下にしばらく隠れ、こちらの暗がりへ近づいてくる。

卯三郎が刀の柄に手を添えた。

蔵人介が制したところへ、遊び人がぬっと顔を出す。

「よう、待たせたな」

遠山であった。

卯三郎は気づかず、蔵人介に説明を求める。

「北町奉行の遠山さまだ」

「げっ」

驚く卯三郎に向かって、遠山は気軽に声を掛けた。

「よろしくな。へへ、もとはと言えば、助っ人を頼んだのはこのおれだ。鬼役の旦那にひと肌脱いでほしいと頼まれたら、断るわけにもいくめえ。でもな、心配《しんぺ》えすんな。みてのとおり、町奉行として馳《は》せ参じたわけじゃねえ。捕り物見物に来た野次馬とでもおもってくれ」

「捕り物でござりますか」

卯三郎の問いに、遠山はうなずいた。

「ああ、そうさ。寿命院上がり屋敷は、誰かの屋敷じゃねえ。立派な岡場所だかんな。おれたちが警動を仕掛けてぶっつぶしても、世間さまに文句は言われねえ」

不敵な笑い顔をみつめながら、卯三郎は呆気にとられていた。

三人の獲物を誘いだすために、岡場所をひとつ潰す気なのだ。

「さあて、そろりとおっ始《ぱじ》めるか」

遠山は藤棚の向こうに去った。

袋小路の入り口には、捕り方装束の連中が潜んでいる。

遠山が指揮与力に合図を送ると、三つ道具を携えた連中が待ってましたとばかりに、なだれこんでいった。

「ぬわあああ」

浜田藩の藩士ら三人は立ちすくみ、事態を見守るしかない。

捕り方のなかには、車付きの大筒を運んでくる者もあった。

「狙いを定めよ」

遠山の指図で、ぎりぎりと砲筒の先端が持ちあがっていく。

串部が両手で耳をふさいだ。

いったい、何をしようというのか、卯三郎には見当もつかない。

「よし、放てい」

微塵の躊躇もなく、遠山は言いはなつ。

筒方が火薬に点火した。

――どおん。

地響きとともに、轟音《ごうおん》が鼓膜に突きささる。

つぎの瞬間、見世の大屋根が吹っ飛んだ。

十一

大混乱のなか、三人の獲物は着の身着のままで逃げだした。

袋小路から逃れ、街道めざしてひた走る。

だが、すぐさま、ひとり欠けた。

遅れてしんがりを走っていた石州屋が、道端に隠れていた串部に臑を刈られたのだ。

「ひぇっ」

冷たいものを踏んだとおもったようだった。

刈られたことにも気づかずに、踏みだそうとして転び、切り株のように残った自分の臑をみて、阿漕な商人は気を失った。

侍どもは石州屋のことなどかまわず、自分たちが逃げのびることだけを考えていた。

どうにか街道にたどりつき、捕り方の影に追われるように品川方面へ向かったが、田町《たまち》の手前に捕り方が仮の関所を築いていたので、仕方なく左手の露地へ逃げこんでいった。

どうやら、薩摩藩の蔵屋敷が並ぶ敷地内らしく、潮の香りが濃厚に漂ってくる。

正面に番所の灯りらしきものがみえたので、加計と浅原はその灯りをめざした。

暗い夜道で灯りをめざすのは虫も人も同じだが、同じ大名家の誼《よしみ》で助けてもらえるだろうという安易な考えもあった。

息を切らして駆けよせてみると、やはり、そこは薩摩藩の番所だった。

壁に掛かった十字の家紋を見上げ、主従はほっと安堵の息を吐く。

ようやく、落ちつきを取りもどしたようだった。

番所のなかには、人影がひとつ座っている。

こちらに背を向けて動かぬところから推すと、居眠りでもしているのだろう。

加計は焦《じ》れたようにみずから引き戸を開け、番所のなかへ踏みこんでいった。

「すまぬ、それがしは浜田藩の者だ。下屋敷奉行をつとめておる。拠所《よんどころ》ない事情があってな、ちと助けてもらえぬだろうか」

それでも、人影は背を向けたまま動かない。

「おい、聞いておるのか」

うっかり肩に手を掛けたことを後悔しても遅い。

振りむいた番方は、顔に武悪の面をつけていた。

「うっ」

加計は、ぎくりとして首を縮める。

武悪は立ちあがりざま、腰の刀を抜きはなった。

――ぶしゅっ。

白刃一閃、加計の首が飛んだ。

戸口から外に飛びだし、浅原の足許へ転がる。

低い空には月が輝いていた。

月に照らされた生首は口をへの字に曲げ、武悪の面と区別がつかない。

浅原は後退《あとじさ》り、脱兎のごとく駆けだした。
必死の形相で、番所の脇道を逃げていく。
番所から、刺客が顔を出した。
武悪の面を外したのは、蔵人介にほかならない。
浅原の向かうさきには砂浜があり、暗い海が広がっている。
そして、置き捨てられた流木の横には、人影がひとつ佇んでいた。
「卯三郎、最後の試練だ」
蔵人介はひとりごち、ことさらゆっくり歩きはじめる。
卯三郎の背には、斜めに斬った更け待ちの月があった。
足許は砂浜、背には海、助太刀する者はいない。
赤みを帯びた月の光が、後光のように射していた。
一方、浅原は大股で近づいていく。
五体から、怒りの炎を放っていた。
せっかく摑んだ出世の手蔓《てづる》を、わけのわからぬ連中のせいで失ったのだ。
月を背にした人影に怒りの矛先《ほこさき》が向かうのは当然のことだった。
歩きにくい砂浜を大股で歩きつづけ、流木のそばへ進んでいく。

人影の正体がわかった。

「おぬし、練兵館におった若造か」

「いかにも、矢背卯三郎にござる」

「何故、おぬしがここにおる」

「お役目ゆえ」

「なにっ、人斬りがおぬしの役目なのか。いったい、誰の命じゃ」

「申しあげても詮無いこと。知りたくば、地獄で閻魔にお聞きくだされ」

「小賢《こざか》しや、若造め。おぬし、わしに勝つ気でおるのか。だとしたら、ちゃんちゃら可笑しいわ」

浅原は腰の刀を抜きはなち、右八相に掲げた。

卯三郎も抜刀し、刃を寝かせた平青眼に構える。

端からみると、道場で対峙したときと立場が逆転していた。

浅原の肩には余計な力がはいり、卯三郎は泰然としている。

道場とのちがいは、目付きにおいて顕著だった。

対峙する相手を睨みすえるのではなく、遠くをみるような眼差しをしている。

蔵人介には「相手の動きではなく、気配を察して動くのだ」と教わった。

そのためには「偸眼《ちゆうがん》」と称する蜻蛉の目付きを習得せねばならぬ。みていないようで、じつはみている。気配を察して止まり、ぱっと動いて相手の間を外すかとおもえば、予期せぬ動きで相手に迫る。まさしく、それは蜻蛉の動きを習得することでもあった。

ここまでいたるには、紆余曲折《うよきよくせつ》があった。

刺客の役目を自覚させてくれたのは、じつは蔵人介ではなく、密命を知らないはずの幸恵だった。

部屋に引きこもってうじうじ悩んでいると、幸恵は前触れもなく部屋に踏みこんできた。そして、何も言わずに平手で卯三郎の頬を打ち、肩を抱きしめてくれたのだ。

幸恵は「友を亡くして悲しかろう。されど、その優しさが命取りになりますぞ」と耳許に囁いた。

卯三郎を矢背家の世嗣と認めたからこそ、発せられたことばにちがいない。

幸恵は「義母《はは》と呼んでほしい」とも言った。

卯三郎の頬に涙が伝い、涙とともに迷いは消えていった。

「そなたごときに、わしは斬れぬ」

浅原は吐きすて、間合いを詰めてくる。

「恨むでないぞ。あの世へ逝《い》ったら、足の裏に十字を刻んでやろう」

人斬りの業を背負った弱き者が、死者の恨みを買わぬために十字を刻む。

足の裏に残された懺悔《ざんげ》の刻印は、浅原が生きつづけていくための姑息《こそく》な手管《てくだ》にほかならない。

もちろん、弱みをみせたとはいえ、疋田陰流の免状を持つ剣客だ。

容易に勝てる相手ではない。

どちらが刀下《とうか》の鬼《き》となるか。

怯《ひる》んだほうが負けである。

無心のひと太刀を繰りだすためには、死中に活《かつ》を求めるしかない。

「まいるぞ」

浅原は、さらに間を詰めてきた。

卯三郎は刀身をやや下げ、左肩に隙をつくる。

つんと、前へ出た。

「すりゃ……っ」

浅原は気合いを発し、順勢の袈裟懸けを合わせてくる。

待っていた必殺の一刀、卯三郎は躱しもせず、受けもせず、さらに半歩踏みこむ。
まさしく、死中に活を求める動きだ。
驚いた浅原の足が砂に取られた。
月光が刃に反射する。
「うっ」
浅原の太刀筋が、わずかに狂った。
と同時に、卯三郎の白刃に鼻面を舐められる。
刀を握った左右の手首が、ぼそっと砂に落ちた。
「ぬげっ」
激痛とともに、血飛沫が噴きだす。
このときすでに、卯三郎の身は刀身の届かぬさきにあった。
至近から双手《もろて》狩りを繰りだし、反転しながら返り血を避けたのだ。
避けながら血を振って納刀し、暗い海を背にして歩きはじめている。
箸先で小豆を摘んで枡に落とすがごとき、流れるような一連の動きであった。
――ずさっ。
浅原の屍骸が、砂浜に倒れたのであろう。

卯三郎も前のめりになり、両膝を屈した。

傷を負ったわけではない。

だが、斬られたような気分だった。

何者かの気配が、そばに近づいてくる。

砂まみれの顔を持ちあげると、蔵人介が立っていた。

「死中に活を求める双手狩り、見事であった。技の名は何と申す」

「鬼やんまにござる」

咄嗟に口を衝《つ》いて出たのは、寛次郎がはなしてくれた蜻蛉の名にほかならない。

「蜻蛉が勝たせてくれたのだな」

と、蔵人介が悲しげに微笑んだ。

卯三郎の眸子から、涙が溢れてくる。

敵を討ったとて、寛次郎は戻ってこない。

鬼役を継ぐ者として、この世に生かしておけない悪党を斬った。

これはお役目なのだ。

途轍もない虚しさを抱きながらも、卯三郎は何度も自分に言い聞かせた。

十二

卯月二十六日、大安。

市ヶ谷御納戸町の横町から、蚊帳《かや》売りの美声が聞こえてくる。

「萌葱《もえぎ》のかやあ」

貧乏人は炬燵《こたつ》を質に入れて蚊帳を借り、鬱陶しい梅雨《つゆ》と真夏の暑さをしのぐという。

卯《う》の花《はな》腐しとも呼ぶ長雨は上がり、今日は朝から快晴となった。

御納戸町は浄瑠璃坂を上ったさきにあり、城勤めの納戸方が多く住む。御用達を狙う商人の出入りが目立つので「賄賂町《まいないちょう》」とも揶揄されていた。

その一角に、矢背家はある。

二百坪の拝領地に百坪ほどの平屋、冠木門を潜って飛び石を数個踏みしめれば、すぐに表玄関の式台へ達する。二百俵取りの御膳奉行に似つかわしい屋敷が、これからは卯三郎の城ともなる。

矢背家では、養子縁組のお披露目がおこなわれようとしていた。

身内だけでおこなう厳《おごそ》かなものと、卯三郎は志乃から聞いている。

そのわりには、表が萌葱で裏が紫の松襲《まつがさね》に染めた裃を着させられ、頭には慣れない烏帽子《えぼし》まで着けよと命じられた。しかも、控え部屋にたったひとりで半刻近くも待たされている。よいと言われるまでは厠にも立てず、不便なことこの上ない。

ただし、仕出し屋の奉公人たちが勝手口に出入りしているのはわかっていた。玄関口も何やらずっと騒がしく、家の者が廊下をどたばた行き交っている様子もわかる。

いったい、何がはじまるというのか。

疑心暗鬼になっていると、ようやく、人の気配が近づいてきた。

襖を開けたのは、本日の陰の主役とも言うべき志乃である。

純白の縮緬《ちりめん》に薄紫の提帯《さげおび》を締め、衣擦《きぬず》れをさせながら身を寄せてくる。

「今から鯛の尾頭付きを二十尾ほど運ばせるゆえ、半刻以内に骨取りを終えるのじゃ」

「えっ」

呆気にとられていると、おせきを筆頭とする女たちが膳をつぎつぎに運んできた。

「さあ、はじめよ」

志乃は言い捨て、そそくさと去っていく。

ともあれ、猶予はない。

卯三郎は烏帽子を取るのも忘れ、片袖捲りで箸を動かした。

運ばれてくるのはいずれも見事な甘鯛で、公方の膳に供されてもおかしくないほどの代物だ。

卯三郎は身をくずさぬように気をつけ、無心で骨取りをやりつづけた。

あっという間に半刻が経過したころ、やはり、純白の着物を纏った幸恵の手で最後の膳が運ばれていった。

入れ替わりに、蔵人介がやってくる。

夏虫《なつむし》色の素襖《すおう》を纏い、烏帽子を着けたすがたも凜々しい。

「ご苦労、されば、参ろうか」

あっさり誘われ、卯三郎は立ちあがった。

くらりと、眩暈《めまい》がする。

骨取りに神経を使いすぎた。

「今日はおぬしの晴れ舞台だ」

蔵人介に促され、気を取りなおす。

踏み慣れた床がいつもとちがう輝きをみせ、廊下を吹きぬける風も清々しい。

しばらく進み、蔵人介は足を止めた。

鼻先には、鶴と亀の描かれた両開きの四枚襖がある。

襖の向こうは庭に面する客間で、まんなかの襖をぶち抜けば二十畳近くにはなった。

蔵人介と卯三郎の立つこちらは下手にあたり、膳は正面上手に向かって左右二列に並べてあるにちがいない。

「おぬしがさきに行け」

「えっ」

「そういう決まりなのだ」

蔵人介はうなずき、ぱんと手を叩いた。

それを合図に、襖が左右に開く。

「あっ」

卯三郎は息を呑んだ。

布衣《ほい》や素襖を纏った客たちが、左右に並んだ膳のまえに整然と座っている。

緊張で足が出なくなった。

「ほれ、歩くのだ」

蔵人介に背中を押され、何とか一歩踏みだす。

みなが一斉に顔を向けた。

志乃と幸恵が並んで座り、串部もきちんと座っている。

幸恵の弟で徒目付《かちめつけ》の綾辻市之進《あやつじいちのしん》と、妻である錦《にしき》の顔もあった。

驚いたことに、長らく家を空けていた望月宗次郎《もちづきそうじろう》の顔もみつけた。

将軍家慶の落とし胤《だね》でもある風来坊は、死んだと聞かされていた母が生きていると知らされ、母を捜す旅に出掛けたはずだった。

猿彦《さるひこ》も神妙な顔で座っている。

八瀬衆の代表として、わざわざ京の洛北から馳せ参じてくれたのだ。

座っているのは、矢背家に縁《ゆかり》のある面々だけではない。

お世話になった客たちが、お披露目を祝いにきてくれた。

来賓の筆頭席には、御小姓組番頭の橘右近が当然のように座っている。

加賀前田家の江戸留守居役、津幡内記の顔もみえた。

かたわらに控えるのは、極寒の池で水練を指南してくれた旗奉行の押水金吾であろう。

花見の遠足を画策した佐倉藩御番頭の兵藤帯刀もいる。

裃姿で末席に座るのは、同藩随一の健脚を誇る物見小頭の早見陽次郎だ。

もちろん、恩師の斎藤弥九郎も呼ばれており、いつになく優しい顔をこちらに向けている。

そして、忘れてはならぬのが北町奉行の遠山景元であった。

祝い事にのぞむ正装姿で、満面の笑みを送ってくれるのだ。

すべての人々が、卯三郎のために馳せ参じてくれた。

大坂にいる鐡太郎からも、激励と祝いの文言が入った文が届いていた。

感謝せずにはいられない。

ぎこちないながらも、上座に腰を落ちつけた。

背には金屏風が立てまわされている。

隣には花嫁ではなく、蔵人介が座った。

橘が見届人を代表して、朱塗りの盃に酒を注いでくれる。

まるで、婚礼のように三三九度の盃を交わしたあと、もてなしの宴ははじまった。

志乃が末席で口上を述べる。

「皆々さま、ようこそお越しくださされました。心ばかりのおもてなしにと、ささやかな膳をご用意いたしました。お献立は矢背家縁の京の湯豆腐とお漬け物にございます。そして、甘鯛の尾頭付きを取りそろえました。甘鯛は今し方、卯三郎めが骨取りを済ませたものにございます。小骨が一本でも残っておりましたら、遠慮のう仰っていただきとう存じます。もちろん、この先、家督は継がせませぬ。卯三郎にとっては、これが最後にして最大の試練となりましょう」

口上を聞いているうちに、卯三郎の顔色が蒼白に変わった。

額にうっすらと、汗まで滲んでくる。

志乃の言ったことは、冗談でも何でもない。

晴れやかなお披露目の席は、試練の場に変わったのだ。

客たちは黙って、箸を動かしはじめる。

かたわらの蔵人介も、さっそく尾頭付きに取りかかった。

しばらくは何事もなく進み、誰もが安堵しかけたころ、橘が「うっ」と苦しげな声をあげた。

「何ぞ、ござりましたか」

志乃の問いかけに、丸眼鏡の老臣は渋い顔をする。

ほかのみなが注目するなか、口に指を入れて何かを摘みだした。

「がりっと音がしてのう。骨かとおもうてよくみたら、わしの差し歯であったわ。ぬひょひょ」

歯抜け爺の奇妙な笑いにつられ、静まりかえった席がどっと沸いた。

「さあ、しゃっちょこばった儀式は仕舞《しめ》えだ。こっからは無礼講といこうぜ」

遠山が立ちあがり、客たちに酒を注ぎはじめる。

家の者たちも立ちあがり、すっかり座は賑やかになった。

宗次郎は、秘かに連れてきた鳶《とび》の連中を庭に差しまねく。

勇壮な木遣《きや》りの声が、晴天に突きぬけていった。

はたして、これでよいのだろうか。

卯三郎は不安になり、かたわらの蔵人介に目をやった。

今までにみせたことのない笑顔で、誰かの酌にこたえている。

「……義父上」

気づいてみれば、目の前に志乃が座っていた。

「ふふ、見込んだとおりであった。おぬしはもはや、立派な鬼役じゃ。されど、よりいっそうの精進をかさね、本物の鬼役にならねばならぬ。これからが正念場ぞ。さあ、酔うがよい」

注いでもらった酒が、五臓六腑に染みこんでいく。
これほど美味い酒を呑んだのは、生まれてはじめてのことだろう。
卯三郎は心の底から感謝しつつ、注がれた酒をまた呑みほした。

光文社文庫

文庫書下ろし／長編時代小説

跡《あと》目《め》　鬼役《おにやく》 十六

著者　坂《さか》岡《おか》　真《しん》

2016年6月20日　初版1刷発行

発行者　鈴木広和
印刷　慶昌堂印刷
製本　ナショナル製本

発行所　株式会社 光文社
〒112-8011　東京都文京区音羽1-16-6
電話（03）5395-8149　編集部
8116　書籍販売部
8125　業務部

落丁本・乱丁本は業務部にご連絡くだされば、お取替えいたします。

ISBN978-4-334-77299-4　Printed in Japan

組版　萩原印刷

お願い　光文社文庫をお読みになって、いかがでございましたか。「読後の感想」を編集部あてに、ぜひお送りください。

　このほか光文社文庫では、どんな本をお読みになりましたか。これから、どういう本をご希望ですか。

　どの本も、誤植がないようつとめていますが、もしお気づきの点がございましたら、お教えください。ご職業、ご年齢などもお書きそえいただければ幸いです。

当社の規定により本来の目的以外に使用せず、大切に扱わせていただきます。

光文社文庫編集部

鬼役メモ

画・坂岡 真

※ページ内側にあるキリトリ線で切って、備忘録にお使い下さい。

キリトリ線

キリトリ線

鬼役メモ

画・坂岡 真

※ページ内側にあるキリトリ線で切って、備忘録にお使い下さい。

鬼役メモ

画・坂岡 真

※ページ内側にあるキリトリ線で切って、備忘録にお使い下さい。

キリトリ線

キリトリ線

鬼役メモ

画・坂岡 真

※ページ内側にあるキリトリ線で切って、備忘録にお使い下さい。

鬼役メモ

画・坂岡 真

キリトリ線

※ページ内側にあるキリトリ線で切って、備忘録にお使い下さい。

キリトリ線

鬼役メモ

画・坂岡 真

※ページ内側にあるキリトリ線で切って、備忘録にお使い下さい。

鬼役メモ

画・坂岡 真

キリトリ線

※ページ内側にあるキリトリ線で切って、備忘録にお使い下さい。

キリトリ線

鬼役メモ

画・坂岡 真

※ページ内側にあるキリトリ線で切って、備忘録にお使い下さい。

佐伯泰英の大ベストセラー！

吉原裏同心シリーズ

廓の用心棒・神守幹次郎の秘剣が鞘走る！

(一) 流離 『逃亡』改題
(二) 足《あし》抜《ぬき》
(三) 見《けん》番《ばん》
(四) 清《すが》掻《がき》
(五) 初花
(六) 遣《やり》手《て》
(七) 枕《まくら》絵《え》
(八) 炎上
(九) 仮《かり》宅《たく》
(十) 沽《こ》券《けん》
(十一) 異《い》館《かん》
(十二) 再建
(十三) 布石
(十四) 決着
(十五) 愛憎
(十六) 仇《あだ》討《うち》
(十七) 夜桜
(十八) 無宿
(十九) 未決
(二十) 髪結
(二十一) 遺文
(二十二) 夢幻
(二十三) 狐《きつね》舞《まい》
(二十四) 始末

佐伯泰英「吉原裏同心」読本　光文社文庫編集部編

光文社文庫